D1425616

Kees & Ko detectivebureau
Het rampenkamp

In de Kees & Ko-serie zijn verschenen:

Kees & Ko
detectivebureau
Het rampenkamp

Harmen van Straaten

Pimento

Waarschuwing: enige schade veroorzaakt door het lezen van
dit boek is voor eigen rekening en risico van de gebruiker.

De directie van Kees & Ko, detectivebureau

Kees

(directeur)

Tekst en illustraties © 2009 Harmen van Straaten
© 2009 Harmen van Straaten en Pimento, Amsterdam
Omslagillustratie Harmen van Straaten
Omslagbelettering Petra Gerritsen
Zetwerk ZetSpiegel, Best
www.kees-en-ko.nl
www.harmenvanstraaten.nl
www.pimentokinderboeken.nl

ISBN 978 90 499 2369 3
NUR 282

Pimento is een imprint van FMB uitgevers,
onderdeel van Foreign Media Group

Even bijpraten

Ola,

Hier is-ie weer: jullie eigen Kees. Directeur en oprichter van het beroemde detectivebureau Kees & Ko. Het
is even geleden dat ik jullie kon bijpraten en er is
inmiddels heel wat gebeurd!

Het leven was een snelweg het afgelopen jaar. Maar
voordat ik verder ga en jullie helemaal ga updaten over
het leven langs de snelweg die Kees heet, zal ik eerst
nog even vertellen wie ik ben.

Zullen we even speeddaten met elkaar? Ik ben Kees, de
allercoolste jongen van het platteland en klaar om de
wereld te veroveren via MySpace, Facebook, Twitter en
Hyves. Een paar steekwoorden die mij perfect omschrij-
ven: hip kapsel, onwijs toffe kleding, supergebit en heel
veel stijl. Misschien had je al van me gehoord. Maar als
dat niet zo is, dan ken je me nu. Ik weet zeker dat de

toekomst grote plannen met me heeft en ik doe er alles aan dat de wereld mij gaat leren kennen.

Ik ben de jongen die je zou willen zijn of zou willen kennen en in je vriendenkring wilt hebben. Als ik 's ochtends voor ik naar school ga in de spiegel kijk, denk ik bij mezelf: je mag er wezen, Kees. Fijn dat er mensen zijn zoals jij. Die leiding willen en kunnen geven. Een rolmodel willen zijn. Een onbereikbare droom? Welnee, iedereen kan het. Maar je moet het natuurlijk wel willen. Ja toch, of niet soms?

Mijn hond Ko bijvoorbeeld, medeoprichter van het detectivebureau, heeft heel veel begeleiding nodig. Met een instructie-dvd'tje van Martin Gaus alleen komt hij er niet. Het gaat allemaal om uitstraling. Mijn hond is een voorbeeld van het type dat wel talent heeft, alleen komt het er niet uit. Speurhond, jachthond, blindengeleidehond, hasjhond, reddingshond — hij kan het allemaal worden, maar dan moet hij het wel willen. Ik wil het heel graag voor hem. Maar waar geen wil is, is ook geen weg.

Met mijn hond Ko, mijn zus Caro, die jongensgek is, en mijn jarenzeventigouders, belandde ik een aantal jaren geleden per ongeluk op het platteland.

Droom je eigen droom, dachten mijn ouders. Hadden ze het daar maar bij gelaten.

Ken je dat tv-programma, Het roer om?

Terwijl mijn zus Caro droomde van Italiaanse badmeesters, met het uiterlijk van Enrique Iglesias, en ik mij op een surfplank op de golven in de buurt van Hawaï had geprojecteerd, hadden mijn ouders iets anders bedacht voor de familievakantie: een vakantieboerderij midden op het platteland in ons eigen Nederland.

Neem één ding van mij aan: vertrouw niemand, zelfs je eigen ouders niet. Die mensen hebben een andere manier van denken, eentje die niet van onze tijd is. Want laten we wel wezen: wie de jeugd heeft, heeft de toekomst. Ja toch?

Na de vakantie in de vakantieboerderette namen mijn vader en moeder weer een besluit dat niet met mijn zus Caro en mij werd besproken. De beslissing om permanent naar het platteland te verhuizen kwam bij ons binnen als een donderslag bij heldere hemel. Wij vonden dat niet oké, om dit soort dingen tot het uiterste door te drijven. Dat doe je toch niet als je echt van je kinderen houdt?

Het roer ging om, net zoals bij de mensen in dat programma op de televisie. Je weet wel: daarin gaan mensen een camping beginnen, in Frankrijk. Daar zit zo'n boer die al jaren probeert van de camping af te komen. Op een dag komt die boer thuis en zegt tegen zijn vrouw: 'Pak je koffers. Er zijn een paar gekken uit Nederland langsgekomen en die hebben de hele zaak gekocht. Over een uur zitten we bij de notaris. Schiet op, voordat ze zich bedenken.'

Dan komen die Nederlanders met hun auto vol meubeltjes aan. De vliegen hebben hun nesten in de wc's gebouwd en alles staat zo'n beetje op instorten. En wie zijn de dupe? Juist ja, hun kinderen. Die worden als werkpaarden ingezet. En ze moeten ook nog eens naar een Franse school, terwijl ze de taal niet eens spreken. Wie spreekt er nou nog Frans? Hallo, de hele wereld kijkt toch tegenwoordig naar MTV? Daar spreken ze toch ook allemaal Engels?

Kijk zulke ouders heb ik nu ook. Die kochten in een vloek en een zucht de vakantieboerderij om er te gaan wonen.

En daar zitten we nu nog steeds. En ik moet nu naar een plattelandsschool met maar drie klaslokalen. Mijn zus heeft zich al tientallen keren verloofd met boerenzonen en niet één van hen was een blijvertje.

Aan mijn zus heb ik een regenpak cadeau gedaan, omdat ze elke dag tegen de wind in moet fietsen. De wind draait heel vaak op het platteland, als je dat nog niet wist.

En ik? Ik ontdekte dat er achter elke boerenschuurdeur misdadige bendes kunnen schuilen. Het platteland stinkt, en niet alleen naar mest.

Met mijn hond Ko richtte ik het beroemde detectivebureau Kees & Ko op. En wij losten heel wat misdaden op. We kregen daarbij hulp van twee echte plattelandsbewoners, Teuntje en Bas. Ze denken dat ze directeur

8

zijn van het bureau. Ik laat ze maar in die waan. Als oprichter ben ik uiteindelijk de baas en Ko doet gewoon wat ik zeg, want anders zet ik hem voor straf voor de tv en moet hij naar de dvd van Martin Gaus kijken. Eigenlijk hoef ik alleen maar de dvd-verpakking te laten zien en dan weet Ko al hoe laat het is.

Met Teuntje heb ik een knipperlichtrelatie; het is al heel wat keren aan en uit geweest. Met Bas kun je beter geen ruzie krijgen. Hij is zeker een kop groter dan ik.

Met mijn twee plattelandsvrienden losten Ko en ik heel wat misdaden op.

Achter elke misdaad zat de schrik van het platteland: Lenie van het Snackei.

Dankzij de inspanningen van het bureau zit ze nu een welverdiende straf uit in de gevangenis.

Drie zaken losten we inmiddels op:

- Een internationale drugsbende met Gruwelijke Lenie als belangrijkste leidinggevende werd dankzij het bureau achter slot en grendel gezet.

- Een internationale scooterbende werd gearresteerd; hoofdverdachte was Gruwelijke Lenie, die als een octopus haar gemene tentakels vanuit de cel spreidde en leiding gaf aan een bende die gestolen scooters naar het voormalige Oostblok exporteerde.

- Een internationale bende in gestolen schilderijen werd door ons toedoen aangehouden. Gruwelijke Lenie,

9

die uit de gevangenis was ontsnapt, belandde dankzij ons weer in de cel.

Maar als detective met jarenlange ervaring is er één ding dat ik wel heb geleerd, een regel die iedere detective zou moeten kennen:

Vertrouw nooit iemand!

Gruwelijke Lenie kruiste al drie keer mijn pad. Dat ze nu vastzit, biedt dus geen enkele zekerheid. Ook de best beveiligde gevangenis hoeft niet Lenie-proef te zijn.

Dat heb ik wel geleerd.

Je kunt niet zeggen dat er nooit wat gebeurt op het platteland. De afgelopen tijd was geen dag in mijn leven saai te noemen.

Ik sta te popelen om jullie bij te praten. Mijn leven ging flitsend snel, als kolkend smeltwater door een rivierbedding. Ik ging langs klippen en diepe ravijnen.

Hou je goed vast, want het ging snel. Heel erg snel.

Tot ziens.

Kees

Directeur, geestelijk vader, adviseur, oprichter en eindverantwoordelijke van: Kees & Ko detectivebureau

Een nieuw schooljaar, een nieuw begin

Het was halfacht in de ochtend toen ik als een zombie de trap af naar beneden strompelde.

Vandaag was de opening van de strafkolonie die school heet.

Om mij eraan te helpen herinneren hadden ze over de weg een spandoek gespannen met de tekst: WIJ GAAN WEER NAAR SCHOOL. Zouden grote mensen een hekel aan kinderen hebben of zo, om dat er op deze manier in te wrijven?

Grote mensen missen af en toe helemaal de aansluiting met hun eigen kinderen. Je kunt het ook de tijdgeest noemen. Net zoals ze raar dansen op feestjes en partijen en je denkt: ik doe net alsof het mijn ouders niet zijn, maar een oom en tante die geëmigreerd zijn naar een land waar ze tien jaar achterlopen.

Ik zag gisteren Tiny, de kassajuf van de buurtsuper, al in haar klaar-overpakje staan langs de kant van de weg. Blijkbaar moest ze oefenen.

Ze grijnsde heel vals naar mij. Waarom hebben men-

11

sen toch altijd iets tegen mij? Zou het soms komen omdat ik met Bas deze zomer tijdens een regenachtige dag haar naar worteltjesragout had gevraagd? Nadat ze een kwartier lang had gezocht en uiteindelijk moest zeggen dat ze die niet verkochten, zeiden wij: 'Gelukkig maar, want die ragout is te vies voor woorden.' Toen werd ze heel erg boos.

Gek hoor, sommige mensen hebben helemaal geen gevoel voor humor. Ik zeg maar zo: een dag niet gelachen, is een dag niet geleefd.

Ik vroeg haar gisteren of ze bij de parkeerwacht ging werken en of ze de wielklemmen dan achter op haar fiets moest doen. Ze begon zowat te spugen.

Maar goed. Op blote voeten liep ik naar de keuken. Daar was al een soort ruzie gaande tussen jongensverslindster Caro en mijn vader.

Caro keek me vuil aan, want ik had gisteravond haar regenpak met fluorstrepen al bij haar kamerdeur klaargelegd. Zo'n pak waarin je als jonge, hippe jongen nog niet dood wil worden aangetroffen.

Mijn zus moet elke dag vijfenveertig minuten naar school fietsen en vijfenveertig minuten terug. En de wind draait heel snel op het platteland, maar dat had ik al verteld. Hoewel het elke keer weer leuk is om daar met mijn zus over te beginnen.

'Wacht maar,' zei ze laatst, 'jouw tijd komt nog.'

'Pfft,' antwoordde ik toen. 'Ik vraag gewoon een bus-abonnement voor Sinterklaas.'

De ruzie tussen mijn vader en mijn zus ging over een nieuw mobieltje, een scooter, meerijden in de auto met een jongen uit de eindexamenklas en nog wat van die zaken.

Mijn vaders 'nee, nee, nee' zou makkelijk als ringtone kunnen worden gebruikt.

Ach, het was weer als vanouds.

Misschien dat er eindelijk ook weer eens wat zou gebeuren, want het detectivebureau had al tijden geen echte zaken meer aan de haak geslagen. Dan wilde ik deze keer wel een andere crimineel, want na drie keer was ik wel een beetje klaar met Lenie. Ik had behoefte aan een nieuwe uitdaging, zeg maar.

Volgens de kranten liepen de misdaadcijfers op het platteland enorm terug.

Ik wist dat dit schijn was. Het platteland is een broeinest van stinkende zaakjes die heel lang verborgen kunnen blijven. Tot het broeinest zomaar ineens als een vulkaan uitbarst.

De grote stad is meer een snelkookpan, waar af en toe de deksel af springt.

Misschien hadden we ons als bureau overbodig gemaakt. Misschien was de reputatie van ons bureau ons vooruitgesneld en besloten criminelen dat het beter was heel ver uit onze buurt te blijven.

We hadden de hele zomer van niks naar niks toege-leefd.

Mijn tante Annemarie, de Danseres Zonder Naam, en haar man Henk hadden hun neus hier niet meer laten zien. En dat was maar beter ook en ik vertel je zo waar-om. Maar het heeft iets met beleggingsfraude te maken.

Oma Klappertand wilde ook niet meer komen. Vol-gens haar was ze dankzij mij in een paardentrailer ont-voerd naar Knokke in België. Ze wil nog steeds niet ge-loven dat het een ongelukje was. We waren haar aan het uitlaten op de bouwplaats van Kneppelhout Bouwmate-rialen. Toen hadden we haar even in een paardentrailer gezet, omdat we opeens iets op het spoor waren. De zaken gaan altijd vóór het plezier, ook bij een detective-bureau. Wisten wij veel dat die trailer en al ging wegrij-den naar Knokke. Alsof we dat expres zo wilden.

Zo kinderachtig dat volwassenen altijd anders over de schuldvraag denken.

Het zijn altijd dezelfden die van alles en nog wat de schuld krijgen. Maar sommige mensen trekken ongeluk aan zoals stroop vliegen aantrekt. Ik ben nog nooit van mijn leven in een paardentrailer ontvoerd. Dat gebeurt een jonge, überhippe vent toch niet. Duh! Bekijk het maar. Ja, in een hippe zilveren camper met drie super-hippe surfplanken op het dak. Maar dan heb je het over iets anders. Succes trekt succes aan. Ja toch?

De musicalooms Eef en Cneut komen ook niet meer sinds de gebeurtenissen vorig jaar tijdens de filmopnamen op het landgoed van jonkheer Gieter. Volgens hen had ik er iets mee te maken dat er in hun caravan gestolen schilderijen lagen verborgen. Hoewel mijn vader nooit mijn zakgeld heeft verhoogd, weet ik dat hij mij daar dankbaar voor is. Mijn vader is geen vriend van de familie van mijn moeder.

Dat ik er ondertussen wel even voor gezorgd had dat Lenie, die uitgebroken was, weer in de bak kwam en jonkheer Gieter zijn gestolen schilderij weer boven zijn open haard kon ophangen, maakte daarbij verder helemaal niks uit.

Een goede daad wordt nooit beloond.

Ik was bijna opgetogen dat de school weer zou gaan beginnen. Want een hele zomer op het platteland niks doen duurt lang. Een vakantie in het buitenland zat er dit jaar niet in. Op aanraden van Henk de Neus had mijn moeder al het spaargeld op een IJslandse bank gezet en het daarna via een vriendje van oom Henk op de beurs in New York belegd. Al het geld smolt als sneeuw voor de zon weg. Gelukkig waren Bas en Teuntje ook gewoon thuisgebleven. Hun vaders hadden ook gedacht er warmpjes bij te zitten als ze hun geld ijskoud bewaarden.

Net zoals een groot deel van het dorp trouwens, toen oom Henk ze tijdens een bijeenkomst in café De Vergulde Karper had gevraagd het geld te beleggen via IJsland in New York.

Hij had beloofd dat de winst tien keer zoveel zou zijn als met het vetmesten van varkens. Nou, ze hebben het geweten.

Er waren ook geen zomerspelen in het dorp, want de toneelvereniging had ook belegd. Dus daardoor waren er ook geen musicals waarin ik mee had moeten spelen, wat weer een geluk bij een ongeluk was.

De speeltoestellen voor het schoolplein van de onderbouw waren opgehaald door de leverancier, vanwege betalingsachterstand.

Plannen voor een nieuwe overdekte muziekkapel voor de blaaskapel werden op het laatste moment afgeblazen. Je raadt het al: ook het geld van de gemeente was verdwenen. Allemaal belegd via oom Henk. Geen nieuwe kostuums voor het zangkoor. Allemaal belegd. Naschoolse opvang, op droog zaad. Kuilen in het asfalt, net zo diep als een lege sok waar geld in werd bewaard. De spaarcrisis sleurde alles en iedereen mee.

En dat allemaal dankzij beleggingsclub Beter Belegd, van de plattelandsvrouwenvereniging, waar mijn moeder penningmeesteres van is. En die nu dus voortaan weer met monopolygeld kan gaan spelen.

Bas, Teuntje en ik moesten deze zomer onszelf zien te vermaken.

We schoten besjes door buizen naar naakttoeristen op de naaktcamping bij de zandafgraving. Af en toe haalden we een grapje uit met Tiny van de buurtsuper. Zo nu en dan liepen we met boerenkielen door het beeld van een film die in het dorp werd opgenomen, omdat ze ons niet als figurant wilden. Was geen geld voor...

Toen ze in een weiland gingen filmen, hadden we een paar koeien met waterverf paars geschilderd. De regisseur kon er niet om lachen. Wij wel.

Tot slot werd ik door mijn vader twee weken heel kort gehouden omdat wij met grote borden bij het stadhuis hadden gezeten. Daarop stond: HELP, AL ONS GELD IS DOOR IJSLANDSE CRIMINELEN GESTOLEN. Daaronder stond ons bankrekeningnummer.

Met deze actie hadden we zelfs de krant gehaald. Als je nou denkt dat je ouders daar dankbaar voor zijn. Welnee. Grote mensen kunnen zo ondankbaar zijn.

Iedere detective kent de volgende regel:

Een goede daad wordt nooit beloond.
Of:
Stank voor dank.

Terwijl mijn vader en moeder nota bene zelf bij de bank hadden willen demonstreren.

Mijn vader heeft de hele zomer ruzie gehad met mijn moeder.

'Van je familie moet je het maar hebben,' heb ik hem vaak horen zeggen. 'Ik heb die Henk de Neus nooit vertrouwd.'

17

Kijk, dat is nou jammer. Daar had mijn vader nog iets van mij kunnen leren. Iedere detective weet dat een detectiveonderzoek elke keer start met de volgende hoofdregel:

VERTROUW NIEMAND!

Iedereen is verdacht, zelfs je familie. Vetrouw alleen jezelf en misschien je hond. Want die doet precies wat je zegt. Tenminste, als hij goed getraind is.

Daarom was ik eigenlijk ook weer diep in mijn hart blij dat de vakantie erop zat en dat ik weer naar school kon. Weliswaar zonder verkering, want Teuntje en ik zijn weer eens even uit elkaar. Waarom dat is, vertel ik nog wel, want het ligt allemaal zeer gevoelig en niet alleen bij Teuntje. Ook Bas heeft even afstand van mij genomen. De bewoners van het platteland kunnen soms heel lange, gevoelige tenen hebben.

Ik ben dus weer even terug bij af. Gewoon, zoals ik ooit op het platteland ben begonnen, helemaal alleen.

We gaan weer naar school

Het begon dus met een heerlijke ochtendruzie tussen Caro en mijn vader.

Caro strooide nog wat extra zout in de wond, door aan mijn vader te vragen of ze over twee jaar haar rijexamen mocht doen. 'Al mijn vrienden krijgen dat,' zei ze.

Mijn vader keek haar met grote ogen aan. 'Misschien dat je moeder nog een bankrekening heeft via haar zwager?' zei hij toen.

'Wie weet kan het goedkoop in IJsland, die rijlessen,' zei ik.

Ik hoorde verderop een deur knallen.

'Heeft iemand iets open laten staan?' vroeg ik belangstellend.

Maar toen zag ik door het keukenraam mijn moeder boos over het erf stappen. Haar gezicht sprak boekdelen.

Zo'n spaarrekeningcrisis zorgt voor een heerlijk rustig familieleven.

Ik deed de keukendeur even open en stak een vinger naar buiten.

'Wat doe jij nou weer, idioot?' zei mijn zus.

'Ik kijk even waar de wind vandaan komt,' zei ik toen. 'Je mag mijn zuidwester wel lenen, want je hebt de hele weg wind tegen.'

Ik zag iets door de lucht vliegen en kon nog net op tijd voor een vliegende pantoffel wegduiken. Ik ging snel naar boven en kleedde me aan.

In het openstaande raam ademde ik diep de herfstachtige buitenlucht in.

Ik had zin in het nieuwe schooljaar en verheugde me op al het nieuwe dat op me af zou komen.

Er zat iets in de lucht, noem het een voorgevoel. Het was tijd voor grote veranderingen.

Ik liep de trap weer af, pakte daarna de riem van Ko om met hem zijn dagelijkse rondje te maken. Ik liep langs de weg en zag in de verte de pastoor aan komen fietsen. Ik rende naar hem toe.

Van mijn moeder heb ik geleerd dat ik altijd netjes dag hoor te zeggen. Dus dat deed ik ook.

'Goedemorgen, mijnheer pastoor!' riep ik blij. 'Hoe is het met u? Wanneer komen de nieuwe ramen voor de kerk?'

In de kerk hangt namelijk een barometer waarop staat hoeveel geld er al is ingezameld door het dorp.

Ik hoorde de pastoor grommen. Hij zwaaide met zijn

vuist naar mij. Ik hoorde de naam van mijn oom. Zou de pastoor er ook in zijn getrapt en het geld van de ramen in New York hebben belegd?

Ik zag dat de pastoor een beetje spuug om zijn mond had en ik schermde mijn gezicht met mijn hand af.

Op een lik met de tong van Ko na vind ik spuug in mijn gezicht van mensen die tegen mij spreken het smerigste wat er is.

De pastoor reed woedend verder. Er fietsten nog wat dorpelingen langs. Ze draaiden allemaal hun gezicht een andere kant op.

Ik voelde me plotseling erg alleen. Een detective weet dat dit zijn lot is. Het leven van een detective is eenzaam en zwaar. Maar daar kies je dan ook voor. Iemand moet het doen. Maar nu werd ik op iets aangekeken waar ik niks aan kon doen.

Een groepje hebberige plattelandsvrouwen was aan het graaien geslagen, onder aanvoering van mijn moeder. Het dorp was bijna bankroet en wie kreeg daar de schuld van? Je raadt het al: Kees. Ze moeten altijd een zondebok hebben.

Je kunt de ingewikkeldste misdaden oplossen, maar als puntje bij paaltje komt, zijn ze dat zo weer vergeten.

Ik probeerde er maar niet aan te denken. Misschien zou dit er wel voor kunnen zorgen dat we naar de stad terugkeerden. Maar eigenlijk vond ik dat wel jammer, want ik begon me hier gek genoeg thuis te voelen.

21

Ik keek Ko aan toen ik even op mijn hurken ging zitten. 'We moeten er het beste van maken, Ko,' sprak ik. 'De baas is even van de hoofdweg afgeraakt, maar het komt allemaal goed. Luister maar goed naar wat ik zeg, Ko. Kees geeft nooit op.'

Ik keek in de verte naar de herberg van de vader van Bas.

Teuntje en Bas keken mij al een week niet meer aan.

Toen ze zich beklaagden dat al het spaargeld was verdwenen, dacht ik iets aardigs te moeten zeggen.

'Ach, wat zijn jullie hier nou eigenlijk helemaal gewend op het platteland? Jullie hebben dat geld niet eens nodig. Als je zoals ik uit de stad kom, ben je een bepaalde manier van leven gewend. Jullie liepen hier toch al achter, dus misschien dat het Leger des Heils nog wat kleding heeft van twee jaar terug.'

Bas en Teuntje waren woedend. Snap je zoiets? Teuntje maakte meteen de verkering uit en Bas zegde onze vriendschap op. Vinden jullie het gek dat ik blij was dat de school weer begon. Gewoon als onderbreking van de dagelijkse routine.

Ik leverde Ko weer thuis af en pakte mijn rugzak. Daarna ging ik op mijn fiets fluitend naar school.

Het kan nog erger

Ken je die uitdrukking: een ongeluk komt nooit alleen?
Nee? Nou, dan ken je hem nu.

Ik kwam op het schoolplein aan. Er zaten wat kuilen in
het plein waar eerst de speeltoestellen stonden die op af-
betaling waren gekocht. Het kon zijn dat ik het me ver-
beeldde, maar zelfs de kleuters leken me te negeren. Terwijl ik nooit te beroerd ben om ze even op mijn rug te
laten rijden.

Ik had van de eerste schooldag wel iets feestelijkers
verwacht.

Iemand had met grote letters op de muur geschreven:

WIJ WILLEN ONS GELD TERUG!

Zelfs het hoofd van de school keek me verwijtend aan.

Hé, kan ik er iets aan doen. Ik heb toch geen schuld
aan de kredietcrisis? Ik ben ook een slachtoffer, laten we
het daar eens over hebben.

Alsof ik er iets aan kon doen dat zijn vrouw al hun vakantiegeld in de gokkasten van het Snackei had gedaan en dacht dat terug te verdienen door het geld uit de schoolkas op de beurs in New York te beleggen. Lekker makkelijk om mijn moeder de schuld te geven, terwijl je eigen vrouw alles in gokmachines heeft laten verdwijnen.

Er was maar één schuldige in mijn ogen en dat was Henk de Neus. En die was al sinds een paar weken onvindbaar, en dat gold ook voor tante Annemarie, de Danseres Zonder Naam, en hun caravan.

Spoorloos verdwenen, op de vlucht geslagen voor schuldeisers en boze beleggers.

Ik liep het klaslokaal binnen en vol verwachting klopte mijn hart. Vandaag zou de nieuwe meester komen.

Bas en Teuntje zaten naast elkaar en deden hun best om mij niet aan te kijken. Ik zag dat Teuntje Bas af en toe in zijn arm kneep.

Er ging een steek door mijn hart. Ook een detective, hoe hard hij ook moet zijn, heeft gevoel. Een detective is ook een gevoelsmens, een detective heeft geen hart van steen.

Bovendien: wat moest Teuntje van Bas? Ik voelde windvlagen van jaloersheid door mij heen waaien. Maar ik besloot niks te laten merken. Ik trok mijn pokerface en bleef naar de deur staren.

De Spiermassa die vorig jaar vertrok, kon mij niet meer dwarszitten. Evenals de dramajuf. Die was ook vertrokken. Ik kon helemaal met een schone lei beginnen.

Ik zou de gymschoenen van de Spiermassa niet meer vastlijmen, en ook niet meer de Spiermassa en de dramajuf naar de bezemkast toe lokken en daarna de deur dichtlijmen. Terwijl ik aan hen dacht, voelde ik het tubetje Superattack in mijn broekzak. Ik was helemaal vergeten dat de sneldrogende secondelijm daarin zat.

Best wel link eigenlijk en ik haalde het er gauw uit.

Toen ging de deur open. Mijn mond viel open van verbazing. Achter het nieuwe hoofd van de school liep Lees-Trees. Wat moest die hier nu weer? Als ze maar niet dacht dat ik ging helpen om actie te voeren voor de biebbus, die vorig jaar al zou worden opgeheven. Ik kon me nog al te goed herinneren hoe ze daar met een megafoon op het plein stond te gillen dat de biebbus moest blijven.

Het hoofd vertelde dat ze heel blij waren dat Lees-Trees voor de klas wilde komen staan. Ze vertelde dat lesgeven haar hobby was, en natuurlijk ook lezen... Dat laatste sprak ze heel nadrukkelijk uit, terwijl ze ons streng aankeek. Laat ik dit zeggen: ik ben geen Lees-Kees, nooit geweest ook. Lezen met mate, is mijn motto. Er is echt nog wel wat meer op de wereld.

Ik wilde dat die Lees-Trees postzegels ging sparen. Iemand die lesgeven een hobby vindt, moesten ze opbergen, dacht ik. Een beetje kinderen de hele dag binnen opsluiten en dan zeggen dat dat je hobby is. Het is allemaal heel erg treurig.

Lees-Trees kwam naast me staan en lachte met haar vuurrode lippen naar mij. Op haar witte tanden zat een beetje lippenstift. Ze leek op een vampier, die arme kinderen in hun nek bijt en helemaal van haar afhankelijk maakt. Ze bleef naast me staan. Ik was bang dat ze me in mijn wang wilde knijpen.

'Ik zie dat je een leeg plekje naast je hebt,' zei ze vals. 'Durft er niemand naast je te zitten? Ik wel, hoor.'

Wat wil die vrouw van me? dacht ik. Ga weg, ga voor de klas staan, maak een tekening op het bord. Ga je potloden slijpen. Ruim je tafel op. Pak een gieter en geef de planten water. Maak het bord schoon en maak nog een tekening. Doe een dutje. Lees een boek voor. Je mag ook niks doen, maakt niets uit. Ga een liedje zingen. Pak voor mijn part je blokfluit of doe ook maar liever niet. Ik heb namelijk heel gevoelige oren. Doe van alles, maar doe dat vooral ver bij mij uit de buurt. Als jij zo nodig juf wilt worden, dan vind ik dat best. Maar val mij daar niet mee lastig. Dankjewel, alsjeblieft, ajuus en tot ziens.

Voor ik het in de gaten had, zat ze naast me aan tafel. Ik keek zenuwachtig om me heen. Ga weg eng mens, dacht ik. Ga iemand anders lastigvallen. Wat moet je van me?

Maar ze bleef zitten en keek ook opeens niet meer zo vrolijk.

Ze probeerde overeind te komen, maar het leek net alsof ze aan de stoel was blijven plakken. O nee hè, het kon niet waar zijn! In één seconde was het me helemaal duidelijk: ik had de Superattack op de stoel gelegd toen ze binnenkwam en nu zat Lees-Trees er dus op. Ze wist uiteindelijk overeind te komen met de stoel aan haar dikke achterwerk vastgeplakt.

De hele klas gilde van het lachen en ik keek angstig voor me uit.

Iedereen riep: 'Het is pas feest als Kees langs is geweest.'

De Lees-Trees keek me vuil aan. Ze wees met haar vinger naar mij. 'Jij!' riep ze met overslaande stem. 'Jij klein achterbaks planktonpantoffeldier. Gemene mot, vuile hoofdluis, meelworm, mestkever.'

Ze kneep met haar vinger en haar duim in iets denkbeeldigs en ik wist dat ze aan mij dacht. Ik voelde dat ik een heel zwaar jaar tegemoet zou gaan. De voortekenen wezen daar allemaal op. Je hoefde er geen detective voor te zijn om dat te weten.

Het kan nog veel erger dan erg

Als je denkt dat je alles hebt gehad, kan er altijd nog een schepje bovenop.

Mijn vader en moeder wisten al van het voorval met Lees-Trees voordat ik thuiskwam. Blijkbaar zit ons telefoonnummer in het geheugen van de telefoon op school en heeft het hoofd meteen gebeld.

Ik bleek voor een hereniging te hebben gezorgd. De kredietcrisis was vergeten. Er was sprake van een gezamenlijk front. Mobieltje kon worden ingeleverd. Internet was verboden terrein.

Mijn vader sprak me boos toe. 'Je hebt een record gebroken, dat moet ik je nageven. Op de eerste dag al bijna van school worden gestuurd wegens wangedrag. Ik vind het knap. Terwijl we toch al tot onze nek in de problemen zitten.'

Toen mijn vader was uitgeraast, ging ik naar mijn kamer. Ik maakte mijn rugzak open en viste daar de brief uit die we op school hadden gekregen. Vast weer een ouderavond. Ik gooide de brief ongeopend in de prullenbak en ging op mijn bed zitten.

Ach, ik raakte er na zoveel jaren platteland inmiddels aan gewend. Het hielp niet dat ik vertelde dat Lees-Trees uit eigen vrije wil naast mij was gaan zitten. Als je gaat bungeejumpen, kan het elastiek ook knappen. Of wat denk je van abseilen zonder zekering? Risicoaanvaarding heet dat.

'Die schade aan haar kleding konden we er nog net bij hebben,' verweet mijn moeder me.

Ik durfde niet over een eventuele verzekering van Henk de Neus te beginnen. Dit leek me op dat moment niet zo gepast. Bovendien, de Neus was sowieso onvindbaar.

Opeens vloog er een steentje met een papiertje door mijn open raam.

Ik vouwde het open. Het was van Bas en Teuntje.

Ola,

We moesten erg lachen. Wel jammer voor jou.
Lees-Trees zal niet blij met je zijn.
Zullen we het weer goedmaken?
We zien je morgen weer op school.

Bas en Teuntje
Je mededirecteuren

Ik voelde me warm worden vanbinnen. Dat is nou weer het platteland: vergeven en vergeten. Tijdens de gure kredietcrisis kon ik mijn vrienden goed gebruiken.

Ik liep naar beneden.

Mijn vader zat met mijn moeder aan de keukentafel. Hij had een blocnote voor zich. Ik zag dat hij een lijstje had gemaakt. Mijn moeder keek niet bepaald blij.

'Ik mag toch nog wel een tijdschriftabonnement aan houden?' vroeg ze.

Mijn vader schudde zijn hoofd. 'We zullen de broekriem moeten aanhalen, er wordt geen cent meer uitgegeven.'

Ik voelde de rillingen over mijn rug lopen.

Blijkbaar was mijn vader de begroting voor het komende jaar aan het maken en was hij aan het bezuinigen.

Ik liet mijn vader mijn afgetrapte All Stars zien.

'Mag ik geld om nieuwe te kopen?' vroeg ik achteloos.

'Ben je gek,' zei hij en hij schoof een blaadje van een prijsknallerwinkel naar mij.

'Hier gaan we voortaan onze boodschappen doen en je kleding kan nog wel een jaartje mee. Voor vervanging gaan we gewoon naar de prijsknaller.'

Ik trok bleek weg. Mijn vader was een vrek geworden.

'N-nooit,' stamelde ik. 'Nooit van mijn leven. Ik heb een reputatie te verliezen. Over mijn dooie lijk. Zo dadelijk hoor ik nergens meer bij. Je wordt bedankt.'

'Je kunt je oom Henk de Neus bedanken,' zei mijn

vader zuinig. 'Misschien kan hij die schoenen voor je betalen, als je hem kunt vinden tenminste. Ik denk trouwens dat je je hier in het dorp heel erg geliefd zult maken als je hem kunt vinden. Ze zullen je er vast voor belonen.'

Mijn vader keek mijn moeder aan. Hij gaf haar een boekje. HUISHOUDBOEKJE stond erop.

Ik gruwde. Het ging hier echt heel erg worden. Straks moeten we ook nog naar de voedselbank.

'Misschien hebben René en Natasja Froger nog tips voor ons,' zei ik tegen mijn moeder.

Maar die had al een cd van Julio Iglesias opgezet en de stofzuiger aangezet. Dat doet ze altijd als ze depressief is.

Het kan altijd nog erger, dacht ik. Bijvoorbeeld een cd van René Froger, of nog erger: Gerard Joling. Nee, dan hoorde ik liever Julio met het geluid van de stofzuiger op de achtergrond. Dat had ook wel weer wat huiselijks.

Ik hoorde een telefoon overgaan. Wie zou dat nou weer zijn? dacht ik.

Het kan inderdaad nog erger

Het was alweer een paar dagen geleden dat zich een ramp voltrok. De dampen zijn nog steeds niet opgetrokken rondom onze boerderij. Ik stond bij de oprit te kijken naar een kleine verhuiswagen die wegreed. Je zult denken: wat doet die verhuiswagen daar?

Ging Kees eindelijk zijn droom achterna? Naar een bovenhuis in de grote stad? Met dubbele ramen tegen de geluiden van de straat?

Was de inboedel van huize Kees in beslag genomen door schuldeisers?

Was het de auto van de voedselbank?

Nee, het waren de schamele bezittingen van oma Klappertand. Ze was al haar kapitaal kwijtgeraakt. Eén keer raden: allemaal in het beleggingsfonds van Henk de Neus gestoken.

Dankzij Henks beleggingsneus kwam mijn oma bij ons intrekken.

Mijn vader ontplofte als een vulkaan toen het nieuws

tot hem doordrong en hij begon zowat te hyperventileren. Ik wilde hem bijna een papieren zak aanbieden om in te blazen. Dat had ik weleens op televisie gezien.

Om het leed te verzachten zei ik dat we oma kostgeld konden vragen. Misschien dat we dan toch nieuwe All Stars voor me konden kopen. Misschien dat we dan toch onze mobieltjes konden blijven gebruiken. Of nog beter: zou ik de mijne weer terugkrijgen.

Met zo'n bejaarde in huis is het niet ongevaarlijk om geen mobieltje te hebben. Misschien konden we een Wii kopen. Dan kon ik met haar tennissen vanaf de bank.

Maar mijn vader was niet helemaal voor rede vatbaar. Ook niet toen hij het woord 'bank' hoorde, terwijl ik toch echt een zitbank bedoelde.

Hij wilde steeds maar Henk de Neus voor zich hebben om hem als boksbal te gebruiken.

'Moet ik weer met hem op een kamer?' vroeg Caro met een vies gezicht, terwijl ze naar mij wees.

Dit hadden we al eerder meegemaakt. Toen had ze een streep dwars door de kamer getrokken waar ik niet overheen mocht stappen.

'Je mag wel met oma op een kamer,' zei ik poeslief. 'Ik weet hoe gek je op haar bent. Misschien kunnen jullie samen om de dag boodschappen doen.'

Maar dat hoefde gelukkig niet. Mijn vader moest zijn studeerkamer opgeven.

'We kunnen oma toch ook in de stal zetten?' probeerde

ik nog. 'Dan maken we er gewoon een extra kamer bij.'

Mijn vader kwam toen dreigend voor me staan. Hij trok een denkbeeldige cirkel met zijn wijsvinger. 'Jij zit in de gevarenzone,' vertelde hij me. 'Je blijft uit haar buurt, want anders...'

Ja, wat anders? dacht ik. Mijn mobieltje heb je al van me afgenomen. Nieuwe All Stars krijg ik niet, ik krijg helemaal niks meer. Van helemaal niks kun je ook niks afpakken.

Ik zat even in een heel diepe dip. Er moest iets gebeuren.

We werden hier zowat op water en brood gezet. Mijn oog viel op een stuk in de krant. Er stond dat er een overschot aan cellen was. De criminaliteit liep fors terug. En door taakstraffen was er ook minder behoefte aan cellen.

Ik slikte. Als die gemene criminele Lenie maar in de bajes bleef. Straks lieten ze die ook nog vrij. Ik kon haar missen als kiespijn op dit moment. Die wilde je toch niet opeens als straatveger met zo'n oranje hesje aan tegen het lijf lopen?

Ik moest dringend naar buiten. Ik had even frisse lucht nodig om bij te tanken als een auto die zonder benzine langs de kant van de weg staat.

Ik stond op de oprit en ik had het gevoel dat ik op een belangrijk kruispunt in mijn leven stond en met het detectivebureau een nieuwe weg in ging slaan.

Ja, zo voelde dat. Ik greep de dikke lindeboom beet, net zoals de zus van de koningin weleens doet. Ik voelde de energie in mij stromen en alles in me stond op scherp. Het zou allemaal goed komen.

Ik, Kees, zou persoonlijk een einde maken aan de kredietcrisis.

Ik, Kees, vond dat ik ook mijn rechten had en niet de nadelige gevolgen hoefde te dragen van een stel graaiende en hebberige plattelandsvrouwen.

Bas en Teuntje zouden mij daarbij gaan helpen en we zouden de werkelijke schuldige opsporen: Henk de Neus.

Opsporing verzocht

Ik had het goedgemaakt met Teuntje en Bas.

Ze vonden wel dat ik mijn excuses moest maken. Dat deed ik graag, want ik miste ze en ik had ze nodig.

We zaten in onze geheime vergaderruimte boven in de boerenschuur.

Ik had een landkaart op een wand geprikt en met een stift had ik er een groot zwart vraagteken op getekend.

'Maar hoe vind je een speld in een hooiberg?' vroeg Bas.

Ik hield mijn lippen op elkaar, want ik had een fantastisch plan bedacht, maar dat hield ik nog even voor me. Daaraan kun je zien dat het op ervaring aankomt. Een goed detective bewaart zijn troefkaart tot het laatste moment.

Teuntje stelde voor opsporingsposters te maken.

'Waar wil je die dan ophangen?' vroeg ik achteloos.

'Langs de weg aan bomen, zoals mensen dat doen als ze hun poes kwijt zijn?' opperde ze.

'Maar wat als ze naar de plastisch chirurg zijn gegaan en hun haar zwart hebben geverfd,' zei Bas.

Hij liet zijn lippen naar buiten puilen. Het zag er niet uit.

'De vrouw van aannemersbedrijf Kneppelhout heeft dat ook laten doen. Mijn vader zegt dat het net is alsof ze twee binnenbanden van een fiets in haar lippen heeft laten zetten,' vertelde hij.

Bas en Teuntje keken mij aan. 'Heb jij misschien een idee?' vroegen ze.

'Ja, ik heb wel een ideetje,' zei ik luchtig.

'Vertel, vertel!' riepen ze allebei.

Ko keek me met zijn trouwe hondenogen aan. Hij weet altijd precies wanneer hij moet zwijgen. Allemaal dankzij de instructie-dvd van Martin Gaus.

Ik hield mijn vrienden nog even in spanning. Je moet nooit alles in één keer weggeven. Dan denken de mensen dat het je zomaar komt aanwaaien. Ik staarde naar buiten met samengeknepen ogen.

Toen haalde ik diep adem en begon te vertellen.

'Drie dagen geleden was ik bij jonkheer Gieter. Ik had een briefje bij de buurtsuper gezien. GEZOCHT, stond erop: EEN HULP IN DE HUISHOUDING. € 12 PER UUR. Ik dacht meteen aan mijn abonnement voor mijn mobiel en ik besloot eropaf te stappen. Ik had mijn moeder vaak genoeg geholpen met afwassen, dus ik dacht dat ik wel een goede hulp zou kunnen zijn.'

Ik liet even met opzet een stilte vallen en Teuntje en Bas keken mij ademloos aan. Ze leken net twee vissen op het droge met zuurstofgebrek.

'Ik stond in de kamer en boven de open haard hing een schilderij van een balletdanseres,' vertelde ik verder. 'Ik herkende die danseres. Het was de zus van mijn moeder. Annemarie, de Danseres Zonder Naam. Het schilderij was gemaakt door een heel beroemde schilder van wie ik de naam even ben vergeten. Maar ik herkende het onmiddellijk: het hing altijd boven de kachel van oma Klappertand. Hoe kwam dit schilderij hier? Wat deed de zus van mijn moeder boven de open haard van jonkheer Gieter?'

Als detective weet je altijd de juiste vragen te stellen. Ik pauzeerde even.

Ik moest denken aan een regel die ook in elk detectivehandboek staat: toeval bestaat niet. Dit was weer het zoveelste bewijs.

Nou is het wel zo dat een detective het toeval moet herkennen. Maar een ervaren detective heeft daar een neus voor. Die zoekt dat onbewust op. Zo gaan die dingen. Een detective wordt als een magneet naar het toeval getrokken.

'Wat een mooi schilderij,' zei ik tegen de jonkheer. 'Nieuw?'

De jonkheer knikte.

'Op een veiling gekocht?' vroeg ik. 'Zal niet goedkoop zijn geweest. Vast een heel beroemde danseres.'

De jonkheer schudde zijn hoofd. 'Je raadt het nooit.'

Laat ik daar nou net een enorme hekel aan hebben, als mensen zeggen dat je iets moet raden.

Zo van: het is groen en suist de helling af.

(Het antwoord is trouwens 'skiwi'.)

'In New York?' vroeg ik achteloos.

'Je lacht je helemaal rot,' zei de jonkheer. 'Het was in een fietsenkelder op Texel. Die mensen zaten blijkbaar helemaal aan de grond, want hun hele huisraad was daar opgeslagen. Ik wilde het schilderij meteen hebben. Niet vanwege de danseres, maar vanwege de schilder. Die is heel beroemd. Dat kun je van de danseres niet zeggen.'

Vertel mij wat, dacht ik. Ze heet niet voor niets de Danseres Zonder Naam.

Maar het was dus niet te geloven. Henk de Neus en Annemarie de Danseres Zonder Naam waren ondergedoken in een fietsenkelder op Texel en waren daar nu onze familiestukken aan het verkopen. Van je familie moet je het maar hebben, zei mijn vader al.

Bas en Teuntje waren er stil van toen ik was uitgesproken.

'En nu wat nu?' vroeg ik zomaar in het wilde weg.

'Onze tassen pakken en op naar Texel,' antwoordde Teuntje rustig.

Ik keek haar aan. Hier werd de regie eventjes uit mijn handen getrokken. Dat overkomt een detective toch zó vaak. Hij lost iets op en een ander gaat ermee vandoor.

'Hoe had je dat gedacht?' vroeg ik belangstellend.

'Gewoon met de bus,' zei Bas.

'Waar gaan we slapen?' zei ik weer.

'In de Stayokay!' riep Teuntje lachend.

Ik keek hen vragend aan. Alsof het de normaalste zaak van de wereld was dat drie kinderen alleen op stap gaan.

Bas haalde een brief uit zijn broekzak. 'Je leest nooit de brieven van school, hé oen.'

Ik keek voor me uit. Brieven van school gooi ik altijd ongeopend weg. Die zijn namelijk vaak voor mijn ouders bestemd en ik zeg altijd: ieder zijn eigen leven. Ik probeerde de school altijd zoveel mogelijk buiten de levenssfeer van mijn ouders te houden.

Bas gaf me de brief.

Daarin stond dat we met de bovenbouw een herfstreis naar Texel gingen maken.

Wat maar weer eens bewijst dat toeval niet bestaat. Ik zou ervoor zorgen dat de Neus werd opgepakt. Misschien konden we een veiling organiseren van zijn en tante Annemaries inboedel en van de opbrengst zouden we weer de huur van oma Klappertand kunnen betalen.

Ik kon weer rustig ademhalen. Alles zou weer normaal worden.

In de verte hoorde ik een koebel. Dat was de bel van oma Klappertand, die ze op haar nachtkastje heeft staan en waar ze mee klingelt als ze iets moet. Ik hoorde mijn moeder al mopperend naar boven lopen. Nog eventjes, dacht ik, en dan was dit weer achter de rug.

Naar Texel

Mijn rugtas stond bij de keukentafel. Ik keek Ko even diep in de ogen. 'De baas gaat er eventjes tussenuit. Lekker uit- waaien aan zee. En meteen de eer van de familie redden.'

Ko begon te blaffen en wilde me in mijn gezicht likken.

Ik hief mijn ene wijsvinger naar hem op en wees naar de dvd van Martin Gaus. 'Ko, je weet dat je baas niet van natte tongen in zijn gezicht houdt. Hoe vaak heb ik dat al niet gezegd? Moeten we je anders naar de Martin Gaus-hon- denkolonie brengen?' Die bestond helemaal niet, maar ik gebruikte het altijd als dreigement om Ko te corrigeren.

Ko begon vals te grommen.

'Ssst,' deed ik. 'We willen oma Klappertand niet wak- ker maken, toch.'

De afgelopen week was een ramp geweest. Mijn vader had vier keer gedreigd weg te lopen en mijn zus Caro was onhandelbaar omdat ze alweer tien dagen zonder vaste verkering, scooter en auto zat.

Het werd de hoogste tijd dat het detectivebureau een

aantal zaakjes recht ging zetten. Om te beginnen: de uitlevering van Henk de Neus, de beleggingsfraudeur.

Gisteravond nam mijn vader mij even apart. LeesTrees had gebeld.

'Ik had Lees... de lerares van je school aan de telefoon. Je hebt voorwaardelijk, besef je dat?'

Ik kookte inwendig van woede. Ik werd als een crimineel behandeld, terwijl ik op het punt stond de eer van de familie te redden.

Mijn vader had zijn hand geopend. 'Zijn er nog van die tubetjes Superattack over?'

Met tegenzin haalde ik twee tubetjes uit mijn broekzak en legde ze op de geopende hand van mijn vader.

Mijn vader stopte ze in zijn eigen broekzak. 'Hier zijn ze een stuk veiliger,' bromde hij.

Wat bedoelde hij? Zou Lees-Trees mij gaan fouilleren?

Mijn vader had ook een vel papier. Het was de bedoeling dat ik het ondertekende. Het was een contract. 'Een afspraak tussen twee personen, tussen ons samen,' sprak hij afgemeten. 'Als jij je niet gedraagt op Texel, moet je elke dag met oma Klappertand wandelen, haar voorlezen en met haar theedrinken. Doordeweeks twee keer per dag en in het weekeinde drie keer per dag.'

Mijn vader grijnsde vals toen ik het ondertekende. Alsof hij ervan uitging dat ik het niet ging redden.

'En als ik me aan het contract houd, wat doe jij dan?' vroeg ik luchtig.

'Hoe bedoel je?' vroeg hij.

'Mijn mobieltje teruggeven, bijvoorbeeld?'

'Als jij je aan de afspraken houdt, hoef je je oma niet voor te lezen, met haar thee te drinken of met haar uit wandelen te gaan.'

Mijn vader was een harde onderhandelaar.

Daarna liep ik de kamer uit. Hij zou me nog dankbaar zijn. Gelukkig dat Bas en Teuntje genoeg tubetjes Superattack zouden meenemen. Een slimme detective bereidt zich altijd goed voor. Voor de zekerheid zouden zij de lijmtubes in hun tas verstoppen. Ik was bij voorbaat al verdacht, had Lees-Trees me gisteren laten weten. 'Ik ga ervan uit dat jij achter alles zit wat er fout kan gaan deze reis,' zei ze.

'En als dat niet zo is?' vroeg ik toen.

'Ik ga er niet van uit dat die mogelijkheid zich zal voordoen,' sprak ze toen.

Heerlijk als mensen zoveel vertrouwen in je hebben.

In de klas had ik geruchten gehoord over een illegaal kussengevecht dat meteen de eerste avond zou worden gehouden. Ik hield mijn hart vast, want ik wilde deze reis niet in verzekerde bewaring van Lees-Trees doorbrengen. Ik had namelijk een belangrijke zaak op te lossen. Dus ik moest ook nog dit kussengevecht zien te voorkomen. Lees-Trees maakte van mij een verklikker, iemand die zijn medescholieren verlinkt. Maar dat ging ik nooit doen, nam ik me voor.

44

Ik hoorde een tik tegen het keukenraam. Toen ik op-keek zag ik Teuntje en Bas buiten staan.

Ze wezen op hun horloge, om aan te geven dat ze haast hadden.

Ik liet ze binnen. Mijn vader en moeder stonden met slaperige ogen in de keuken en mijn zus Caro kwam er ook bij staan.

'Vier dagen vrij,' zei ze geeuwend.

Ik hoorde de koebel van oma. Ik liep naar haar toe. 'Caro is vier dagen vrij, oma. Ze gaat elke dag met u win-kelen!' gilde ik naar mijn half dove oma.

Caro keek me vernietigend aan toen ik weer in de keu-ken kwam.

'Je zou je maar eens kunnen gaan vervelen,' zei ik met een fijn lachje.

'Ik breng jullie wel naar de bus,' zei mijn vader.

'Ons?' vroeg ik.

'Nee, Caro en oma,' zei mijn vader snel. 'Als ze gaan winkelen.'

Mijn vader ziet altijd meteen een opening die in zijn voordeel kan zijn. Misschien dat ik het vlugge denken toch van hem heb geërfd.

Teuntje hinkte van haar ene op haar andere been. 'We moeten opschieten.'

Ik pakte mijn tas, gaf mijn moeder een zoen en verliet de keuken.

Ik was op weg naar een nieuw avontuur.

Verdachte zaken en een oude bekende

We stonden al vroeg bij het schoolplein.

Met Teuntje en Bas had ik afspraken gemaakt: de achterbank van de bus zou voor ons zijn. Maar Lees-Trees had daar andere ideeën over. Ik kon de hele reis voorin zitten. Hoezeer ik ook protesteerde en mij beriep op mijn wagenziekte, die vooral voor in de bus het ergst zou zijn. Ze had mij een papieren zak gegeven. Daar kon ik dan in overgeven.

Lees-Trees greep meteen aan het begin van de reis naar de microfoon en liet die pas los toen we bij de boot waren. Voor haar was het duidelijk dat dit geen plezierreisje was, maar dat we op reis waren om iets te leren.

Ik kon het woord 'stolpboerderij' niet meer horen, wilde alle weidevogels de nek omdraaien en wat mij betreft konden alle boomsoorten die we uitgebreid beschreven kregen tot tuinmeubels worden verbouwd.

Ook de liedjes die we onderweg moesten zingen, maakten me nog misselijker dan ik me al voelde. Eén

46

keer mochten we de benen strekken. Ik werd nog net niet aan een hondenriem uitgelaten.

Lees-Trees verloor me geen seconde uit het oog. Ik zou nog een zware dobber aan haar krijgen.

Wat was ik blij toen we op de boot waren en ik even onder de hoede van Lees-Trees vandaan was.

Ik moest naar de wc en daar was ik getuige van een gesprek.

'Je weet dat de lading vanavond wordt gelost?' sprak een man.

'Is er dan genoeg vervoer op het strand om de handel af te voeren?' vroeg een andere man.

'Laat dat maar aan de baas over,' zei de eerste man.

'Waar wordt het dan opgehaald?' sprak de tweede man.

'Volgens de baas bij de vuurtoren,' antwoordde de ander.

Ik hield mijn adem in. Dit kon toch niet waar zijn! We waren nog maar een paar uur onderweg en ik had al een heterdaadje.

Het bureau viel met zijn neus in de boter. Hier zat een heel vette misdaadzaak aan te komen. Dat was zo zeker als wat. Het bureau kon nu eindelijk ook buiten het dorp zijn vleugels uitslaan. Landelijke roem wachtte ons en wie weet zou hierna ook een internationale doorbraak mogelijk zijn. Stiekem hoopte ik op een grote Hollywoodproductie van mijn avonturen. Of een televisieserie.

De mannen trokken de wc's door en ik wachtte even totdat ze echt weg waren.

Buiten adem vertelde ik het even later aan Teuntje en Bas.

'Kunnen we ons niet beter concentreren op de Neus?' zei Bas. 'We hebben toch ook vakantie.'

Ik moest bijna op mijn tong bijten. Dat is nou weer zo typisch Bas. Een echte detective kan meerdere dingen tegelijk. Multitasken heet dat.

Teuntje keek mij vragend aan.

'We kijken even hoe de zaken lopen,' zei ik.

Teuntje gaf me een knipoog. Ik voelde een lichte kriebel in mijn buik. Je kunt het ook vlinders noemen. Er zat volgens mij een heel stevige vakantieverkering aan te komen!

De boot was in de haven gekomen en we stapten weer in de bus.

Door het duinlandschap reden we naar de Stayokay en ik zag in de verte de vuurtoren staan waar ik de mannen over had horen praten. Het was jammer dat ik hun gezicht niet had gezien. En wie zou toch die geheimzinnige baas zijn?

De bus draaide de oprit van de Stayokay op en we stapten allemaal uit. Binnen wachtte mij een onaangename verrassing.

Bij de inschrijfbalie stond de Spiermassa. Hij zag asgrauw toen hij mij zag.

'Wat leuk u weer te zien,' probeerde ik opgewekt. 'Dat is lang geleden. We komen elkaar ook overal tegen. Wat is de wereld toch klein.'

De Spiermassa kon geen woord uitbrengen.

Ik wist dat hij ongetwijfeld moest terugdenken aan die dag dat ik hem met de dramajuf had ingesloten in de bezemkast van mijn oude school in de stad. Of aan de toneeluitvoering die ik een klein beetje in het honderd had laten lopen. En zo had hij vast nog wel een paar andere herinneringen aan mij. Zoals die keer dat ik zijn sportschoenen had vastgelijmd.

De Spiermassa is geen man die later om dit soort zaken kan lachen. Ik zag dat hij zich nog net kon beheersen om mij niet aan te vallen.

Maar eerlijk gezegd was ik ook een beetje verbijsterd. De Spiermassa dook ook overal op, net als onkruid.

Hij graaide naar een kastje en haalde er een sleutel uit. Die hield hij voor mijn neus. 'Voor deze meneer hebben we een aparte kamer,' sprak hij vals. Hij boog zich helemaal voorover. 'Vierentwintig uur per dag zul je onder toezicht staan. Dit zal een onvergetelijke vakantie worden.'

Ik keek om me heen. Zou hier iets van cameratoezicht zijn?

Ik dacht dat ik van die man verlost was. Nu was hij de baas van de Stayokay geworden.

Lees-Trees moet dit hebben geweten, want ze keek als een verliefde kat naar hem.

Ik kon als enige een kamer alleen betrekken, die je trouwens beter een cel kunt noemen. Lees-Trees sloot mij op en ik bracht de nacht alleen door, zonder mijn vrienden en zonder kussengevecht, waarvan ik ongetwijfeld de schuld zou krijgen. Dit was geen vakantiekamp, maar een strafkamp.

Toen ik de volgende ochtend wakker werd, besloot ik dat er iets moest gebeuren.

Op deze manier zou het bureau Henk de Neus niet kunnen opsporen en uitleveren en zou er ook geen onderzoek mogelijk zijn naar de misdaad die afgelopen nacht had plaatsgevonden. Want ik was het gesprek tussen de mannen op de boot niet vergeten.

Ik hoorde het slot van de deur opengaan. Daar stond Lees-Trees in een vuurrood trainingspak, om mij te luchten. Ze zag eruit als de gepensioneerde versie van Supervrouw.

Ik popelde om mijn vrienden te zien. We moesten een plan bedenken.

Maar ik moest eerst een manier zien te vinden om aan het dictatorduo te kunnen ontsnappen. En daar zou ik wel een sleutel van mijn kamer voor nodig hebben.

Kees de strandjutter

Bij de ontbijttafel kon ik me gelukkig bij mijn vrienden voegen. Ze keken me aan alsof ik een enge besmettelijke vogelgriep had.

Ik boog me voorover. 'Geef me zo dadelijk een paar tubetjes Superattack,' fluisterde ik. 'Ik moet me kunnen verdedigen tegen die twee daar. Zonder die lijm ben ik nergens.'

Uit mijn ooghoeken zag ik de Spiermassa en Lees-Trees naar mij kijken.

De Spiermassa had voordat ik de ontbijtzaal in liep met een ijzeren greep mijn bovenarm beetgepakt en me toegesist dat hij me in de smiezen zou houden. Terwijl hij sprak, kwam er wat schuim om zijn lippen.

Ik wees ernaar. 'Er zit tandpasta om uw mond.'

De Spiermassa slaakte een dierlijke kreet en de greep om mijn arm werd steviger. Als hij nog iets harder zou knijpen, zou mijn arm afsterven en op de grond vallen.

Zou ik die mensen niet kunnen aangeven wegens geestelijke en fysieke mishandeling?

Ik voelde me weerloos en aan mijn lot overgelaten. Het bestaan van een detective is eenzaam en alleen.

Na het ontbijt moesten we ons buiten verzamelen.

Er stond een tractor met een enorme kar erachter klaar. We zouden naar het strand gaan. En Lees-Trees kennende vast niet om te zonnen of zandkastelen te bouwen. Lees-Trees was alvast gaan zitten. Ze wees op gebiedende toon naar de plek naast haar. Daar moest ik gaan zitten.

Toen brak er iets in mij. 'Nee,' zei ik. 'Dat doe ik niet.'

Lees-Trees werd vuurrood. 'Pardon?' riep ze boos.

'Ik ga hierover niet in discussie,' zei ik op rustige toon. 'Of ik ga naast mijn vrienden zitten, of ik blijf hier in het jeugdhotel.'

Ik zag de Spiermassa heftig met zijn hoofd schudden.

Lees-Trees raakte licht in paniek. Hier had ze geen rekening mee gehouden. Om van mij af te zijn vond ze het goed dat ik tussen Bas en Teuntje in ging zitten.

Ze vertelde hun dat zij ook straf zouden krijgen als er iets fout zou gaan.

'Kunnen we gezellig met zijn drieën op de kamer,' zei ik toen vrolijk.

Ze keek me vies aan, maar zei verder niks.

Het stond een-nul in mijn voordeel, maar ik wist dat ze op een tegenzet zat te broeden.

Ondertussen broedde ik op een plan om ongemerkt in de buurt van de fietsenkelder van Henk de Neus te komen. Maar dat was helemaal niet gemakkelijk met zo'n kampbewaakster in de buurt.

De tractor zette zich in beweging.

Lees-Trees zette een megafoon aan haar mond. Ze vertelde dat we op het strand naar stukjes plank en zo moesten zoeken om daar een kunstwerk van te maken.

Daarna zouden we van een gids uitleg krijgen over de natuur en tot slot moesten we daar een verslag van maken. Met als uitje een bezichtiging aan de vuurtoren.

In de verte was de vuurtoren te zien. Ik moest meteen weer denken aan de mannen op de boot gisteren.

'We moeten zo dadelijk vergaderen,' zei ik tegen de beide andere directeuren van het detectivebureau.

De tractor was inmiddels bij het laatste duin aangekomen en daar was de donkergrijze zee te zien.

We reden het strand op en ik keek mijn ogen uit. Op het strand zag het zwart van de mensen. Wat deden die daar?

Ik zag mensen met hun armen vol het strand af lopen. Wat zouden ze bij zich dragen?

Toen ik ze dichterbij zag komen, kon ik zien wat ze droegen: ze hadden hun armen vol sportschoenen van superhippe merken. Lees-Trees probeerde ons nog tegen te houden, maar de hele klas stortte zich op de schoenen. Als een stel inboorlingen die vroeger met spiegels en kralen blij werden gemaakt, gingen ze achter de schoenen aan.

Ook ik kon er geen weerstand aan bieden, want een detective is ook maar een mens.

Teuntje en Bas probeerden zoveel mogelijk schoenen te verzamelen.

We gooiden de schoenen op een berg en probeerden de linker- en rechterschoenen te scheiden. Merk bij merk en maat bij maat.

'We hebben een zaak,' fluisterde ik. 'Ik weet zeker dat er een crimineel luchtje zit aan die schoenen. En het heeft vast iets te maken met die mannen aan boord gisteren.'

Op onderzoek

Na een uitputtende ochtend waarin iedereen op jacht was gegaan naar een compleet setje sportschoenen, gingen we door naar het volgende leerzame project van Lees-Trees: een bezoek brengen aan het natuurcentrum.

We liepen nietsvermoedend tussen de opgezette duin- en strandvogels. Opeens zag ik de achterkant van een vierkante vrouw. Ik moest meteen aan Lenie denken, want van zo'n achterkant is er maar een.

Toen draaide het vierkant zich om en ik keek recht in het gezicht van Lenie.

Haar gezicht betrok en ik deinsde naar achteren.

Ik had meerdere malen dankzij haar in de problemen gezeten, dus was ik op mijn hoede.

Hoe kwam ze hier? Ze zat toch in de bak? Wat moest ze in dit natuurcentrum? De enige dieren waar Lenie bij mijn weten iets mee had waren kippen. Gegrilde kippen, om precies te zijn. Die verkocht ze ooit in het Snackei.

55

Ik hoorde haar grommen. Lees-Trees was erbij komen staan.

'U kent hem ook al?' vroeg ze belangstellend.

'Kijkt u maar goed uit voor dat probleemjoch,' antwoordde Lenie vals.

'Maakt u zich maar geen zorgen,' zei Lees-Trees. 'Hij staat onder permanent toezicht. Die kan hier niks uithalen, daar zorg ik wel voor.'

Ik liep voorzichtig langs Lenie. Ze trok heel gemeen aan mijn oorlel en fluisterde: 'Als mijn taakstraf er op zit, ben je vogelvrij.'

Ik keek naar haar enkels. Daar zat geen ketting met loden kogel aan vast. Lenie was nu al zo vrij als een vogeltje.

Mijn hersens werkten koortsachtig. De ideeën gingen als het balletje van een flipperkast heen en weer.

Ik moest aan de schoenen denken op het strand, aan de mannen op de boot en aan hun baas.

Zou Lenie soms hun baas zijn? Als ze al vanuit een cel leiding kon geven aan een scooterbende, dan kon ze makkelijk de criminele draad weer oppakken vanuit een natuurcentrum.

Teuntje viel zowat flauw in mijn armen toen ze Lenie zag. Ik hield haar een paar seconden vast. We keken elkaar diep in de ogen en onze lippen raakten elkaar bijna, maar net niet helemaal. Toen wist ik zeker dat er een heftige najaarsverkering aan zat te komen.

Lees-Trees zag het ook en kwam tussen ons in staan. 'Ik wil dit niet hebben,' sprak ze met haar vuurrode lippen. 'Jullie blijven uit elkaars buurt.'

Ze richtte zich tot Teuntje. 'Ik ga dit zeker met je vader opnemen. Dit misbaksel heeft een heel slechte invloed op je.' Ze keek me aan alsof ik een viespeuk was. Terwijl we in de natuurboerderij stonden en ik gewoon de roep van de natuur volgde, zoals iedereen op het platteland.

Kan die vrouw niet emigreren? dacht ik. Kon ze niet ergens in Afrika vrijwilligerswerk doen of zo? Ze hoefde maar een jaartje weg te blijven; in elk geval net lang genoeg zodat ik mijn basisschool in alle rust kon afmaken.

Bas was er ook bij komen staan. Hij had Lenie inmiddels ook gezien.

'Jij hier?' was het enige wat hij kon uitbrengen.

Ik keek Lenie recht in de ogen. Ik wilde dat ik in haar hoofd kon kijken en kon raden wat ze nu dacht.

Het leek ondertussen op een reünie.

'Ik zit hier dankzij jullie een taakstraf uit op de natuurboerderij,' zei Lenie. 'Nog een week en ik mag begeleid terugkeren in de maatschappij.'

Ik slikte. Dan heb je ook niet lang vastgezeten, wilde ik zeggen, maar ik kon me nog net inhouden.

'Fijn dat je zo van de natuur bent gaan houden,' zei ik toen. 'Dan hoef je je ook niet meer bezig te houden met de import van sportschoenen.' Ik keek haar schijnheilig aan.

Lenies linkeroog begon te trekken. Ze keek me met een vuile blik aan.

En toen wist ik het zeker: Lenie was helemaal terug van weggeweest. Met de natuurboerderij als dekmantel was ze bezig aan een comeback in de maatschappij als leidster van een criminele bende. Een functie die haar op het lijf stond geschreven.

'U hebt toch geen last van hem?' vroeg Lees-Trees met een gealarmeerd. 'Als er iets is, bel me direct. We zitten in de Stayokay. Hij staat onder mijn permanente toezicht. Ik heb mijn handen vol aan hem, maar ik krijg hem wel klein, hoor. De aanhouder wint.'

Welja, dacht ik bij mezelf, geloof jij nou maar lekker in je eigen sprookjes. Niemand krijgt Kees eronder. Voor mijn part ontplofte Lees-Trees ter plekke. Ik was er klaar mee. En dan ook nog onze verblijfplaats weggeven aan de gevaarlijkste criminele vrouw van het platteland.

Ik wist zeker dat Lenie iets te maken moest hebben met die aangespoelde sportschoenen. Binnenkort zou ik het bewijs daarvoor op tafel leggen. Noem het een voorgevoel. Of noem het ervaring. Maar iedere detective – nee, iedere goede detective – heeft het. Dat vingertoppengevoel, dat hij of zij het bij het rechte eind heeft.

We stonden buiten naar adem te happen. Teuntje had een krant meegepikt uit het natuurcentrum. Op de voorkant stond een foto van de aangespoelde sportschoenen.

LIEVER ECHT DAN NAMAAK, stond erboven. Het bleek dat de partij aangespoelde sportschoenen nagemaakte merkschoenen uit China betrof.

'We hebben een echte zaak,' fluisterde ik.

'We hebben een verdachte,' zei Bas.

'We gaan op onderzoek uit,' voegde Teuntje eraan toe.

'Jammer dat we zonder jou op pad moeten gaan,' zei Bas.

Ik was even verbaasd. Zonder mij op pad! Zonder de oprichter en drijvende kracht achter het detectivebureau! Hoe haalde Bas het in zijn hoofd?

'Als jij vanavond opgesloten zit, kunnen wij op onderzoek uit,' legde Bas uit.

'O ja, en waar wilde je dan beginnen?' vroeg ik nijdig.

Bas haalde een vel papier uit zijn broekzak en vouwde dat open.

RUILBEURS VOOR AANGESPOELDE SPORTSCHOENEN, stond er met grote letters op. Daaronder stond een adres en de namen van twee personen: Henk & Annemarie Boon.

'Ik denk dat we het best hier kunnen beginnen,' sprak hij.

Ik voelde me lamgeslagen, maar een goed detective laat zich niet kennen. Ik begon me te ergeren. Bas kreeg steeds meer praatjes. Dat hij nou juist de schuilplaats van mijn oom en tante moest ontdekken! Het was niet te geloven. Mijn oom en tante waren wel heel diep gezonken als ze nu in aangespoelde schoenen zaten te handelen.

Toen ik mijn mond open wilde doen om iets te zeggen

59

– het maakte niet uit wat, het was alleen maar om de indruk te wekken dat ik nog steeds de leiding had van het onderzoek – stak Teuntje haar hand omhoog.

In haar hand bungelde een koordje en aan dat koordje hing een sleutel. Ze bewoog het als een slinger heen en weer, alsof ze me wilde hypnotiseren. Ik wilde mijn ogen dichtdoen, straks wilde ze me nog in haar ban brengen, zodat ik op commando verliefd op haar zou zijn.

'Weet je waarvan deze sleutel is?' vroeg ze.

Ik was niet in staat iets te zeggen, nog steeds bang dat ik onder hypnose zou raken.

'Dat is de reservesleutel van jouw kamer. Die heb ik de Spiermassa afhandig gemaakt. Wat moest je zonder ons beginnen, hè?'

Mijn mond viel open.

'Je dacht toch niet echt dat we zonder jou op pad gingen?' Bas lachte.

Ik schudde mijn hoofd. 'Natuurlijk niet, ik wilde niet laten merken dat ik jullie doorhad.' Maar vanbinnen voelde ik me opeens heel warm worden. Mijn vrienden waren niet van plan zonder mij op stap te gaan.

'Vanavond gaan we op onderzoek uit,' zei Teuntje.

'Als we langs de kampbewaarster weten te komen,' sprak Bas.

'Hoe pakken we dat dan aan?' vroeg ik.

'Als iedereen slaapt, komen we je halen,' zei Teuntje.

Het leek ons beter dat zij de sleutel zou bewaren. De

Spiermassa en Lees-Trees konden het zomaar in hun hoofd halen mij te fouilleren. Ze waren er gek genoeg voor.

Die avond zat ik alleen op mijn kamer te wachten op de verlossende klop op de deur. Het was al laat en ik wilde bijna gaan slapen.

Bas en Teuntje zouden toch wel komen? Ik liep op en neer in de kamer. Meestal krijg ik dan de geweldigste ideeën, maar het was alsof de frisse zeewind mijn hoofd had leeggewaaid.

Eindelijk klonk er een klop op de deur.

Ik wilde ernaartoe lopen, maar ineens hoorde ik de deur van de kamer naast mij opengaan.

'Ben jij het, boekenbeest?' Ik herkende meteen de stem van de Spiermassa.

'Ja, Tarzan,' klonk de stem van Lees-Trees. 'Hier is je eigen boekenmeisje. Iedereen slaapt eindelijk, ik kon niet meer wachten.'

Ik hield mijn adem in. Lees-Trees en de Spiermassa! Wat moesten die van elkaar? Ze gingen vast niet samen een leesclubje beginnen. Nee, volgens mij was er meer. *Love was in the air.*

Wel jammer dat ik dit niet had kunnen opnemen of filmen. Dat had best leuk kunnen zijn.

De deur van de kamer naast mij ging dicht.

Waar bleven Teun en Bas? Als ze maar geen geluid

maakten. Als ze maar niet de sleutel waren kwijtgeraakt.

Ik ging op de rand van mijn bed zitten. Buiten was het heel erg donker.

Het dak was te hoog om vanaf te klimmen, dus er zat niets anders op dan te wachten op de verlossende klop op de deur. En gelukkig kwam die snel. De deur ging voorzichtig open.

'Ssst,' zei ik en ik legde een vinger tegen mijn lippen. 'Lees-Trees en de Spiermassa,' fluisterde ik en ik wees naar de deur naast mijn kamer.

Bas liet een tubetje Superattack zien.

'Niet doen,' zei ik zachtjes. 'Nu nog niet.' Ze zouden meteen weten dat ik erachter zat.

Toen liepen we op onze tenen de kamer uit.

Een rampnacht, deel 1

We slopen de trap af en kwamen daar meteen onze eerste hindernis tegen: de grote, gemene hond van de Spiermassa die op een deken bij de deur lag. De grote, gemene hond was niet van plan voor ons opzij te gaan. Hij ging gelukkig niet blaffen, maar zijn gegrom klonk angstaanjagend genoeg.

'Doe wat,' siste Teuntje. 'Jij hebt een hond, dus jij weet hoe we dat beest hier wegkrijgen.'

Ik keek haar vragend aan. Ik had weliswaar met Ko heel goed naar de dvd van Martin Gaus gekeken, maar dat ging over puppy's. Dit bewakingsmonster zag er niet uit als een kindervriend en al helemaal niet als een pup.

Bas deed een deur in de hal open. 'Poesjes,' fluisterde hij, 'poesjes.'

De valse, gemene hond vloog langs ons heen en stoof de open deur door, de kamer in.

Bas deed gauw de deur dicht. 'Met een poes kun je elke

hond gek maken,' zei hij bijdehand. Hij wilde wat Super-attack in het slot spuiten.

'Geen aanwijzingen,' fluisterde ik gauw. 'We moeten geen sporen achterlaten, iedereen kent ons geheime wapen.'

We liepen de Stayokay uit en hoorden het ruisen van de zee. Mijn hoofd werd er rustig van. Ik voelde opeens de zachte hand van Teuntje op mijn schouder. Ze wees naar boven.

'Het is vollemaan,' zei ze op zachte toon. Ze kneep zachtjes in mijn hand. Toen wist ik dat ik weer in een vaste verkering was terechtgekomen.

Ze keek me vragend aan. Ik knikte maar van ja. Het bureau kon nu even geen extra problemen gebruiken.

Zou ze me nu ook gaan kussen? dacht ik. Kees & Ko, zoenen en zo. Ik wist niet of ik daar al aan toe was. Misschien kon ik dat nog een tijdje afhouden.

In de verte was een boerderij en daarachter lag het dorp.

In mijn broekzak hield ik het papiertje met het adres van de fietsenkelder dat Bas uit de krant had gescheurd.

Ik kon niet wachten totdat ik oog in oog zou staan met de Neus en de Danseres Zonder Naam.

We waren vlak bij de boerderij. Noem het intuïtie, noem het wat je wilt, maar ik voelde iets.

Als detective moet je over intuïtie beschikken, dat is wat je tot een goede detective maakt.

Om de hoek van de boerderij stond onder een lantaarn een witte caravan.

Mijn neus kriebelde.

'Dat lijkt net de caravan van de Neus en de Danseres,' zei Bas.

Ik moest bijna op mijn tong bijten. Alsof ik dat al niet allang had opgemerkt! Bas was me weer eens voor. Hij was de laatste tijd erg snel. Ik moest een goede invloed op hem hebben.

Het is net als met tennissen: Als je een goede tegenspeler hebt, ga je zelf ook beter tennissen.

Als dit de caravan van Henk de Neus en Annemarie de Danseres Zonder Naam zou zijn, zou er pas echt sprake zijn van toeval. Maar ja, die regel kent iedereen nu wel. Toeval bestaat niet. Dat heb ik al vaak genoeg gezegd.

Opeens ging er een lampje aan in de caravan.

We verborgen ons meteen achter een struik. Als een panter schoven we op onze buik door het hoge gras. Zouden Henk en Annemarie bij de boer kamperen? Misschien was die fietsenkelder een dekmantel voor iets anders, fantaseerde ik. Als detective ben je gewend met alles rekening te houden.

Ik weet niet of ik het al een keer heb gezegd, maar op de natte tong van Ko over mijn gezicht na, scoort nat gras in mijn gezicht en nek en op mijn blote buik heel hoog, en dat geldt ook voor allerlei soorten kriebelend ongedierte op mijn rug.

We kwamen steeds dichter bij de caravan. Ik steunde op mijn ellebogen. In het raam zag ik een oude bekende staan. Mijn gezworen vijandin Lenie. De gemeenste criminele vrouw van het Verenigd Koninkrijk der Lage Landen, van het noordelijk halfrond en misschien wel van de hele wereld.

Hoe was het mogelijk dat zij op dit moment daar was? En als dit inderdaad de caravan van Henk de Neus en de Danseres Zonder Naam was, wat hadden ze dan met Lenie te maken?

Ik durf het woord 'toeval' niet meer in de mond te nemen. Je wilt tenslotte niet in herhaling vervallen.

Het raampje van de caravan ging open en Lenies stem was nu ook duidelijk te horen.

'Als ik hem te pakken krijg, dat stuk ongedierte, die oorwurm met zijn twee misselijke vrienden, dan...'

Ze begon heel hard te hoesten.

Ik begreep dat Lenie kwaad op iemand was. En die iemand was ik, vreesde ik. Zo onsportief van haar. Een detective moet boeven vangen, dat zou ze toch kunnen weten! We hebben allemaal een taak in het leven. Ik kon het toch ook niet helpen dat ze zich elke keer liet vangen. Toch voelde ik me verdrietig. Het is niet prettig om te moeten ervaren dat je niet bij iedereen even geliefd bent. Dan kun je nog zo'n goede detective zijn en weten dat dit erbij hoort, maar als puntje bij paaltje komt sta je er altijd alleen voor. Dat went nooit.

Ik zag nu ook dat er twee mannen in de caravan stonden. Een van hen gaf Lenie een zak.

'Blaas hier maar in,' hoorde ik hem zeggen. 'Dat helpt
tegen het hyperventileren.'

Die stem klonk precies als de stem die ik op de boot
had gehoord. We hielden onze adem in. De twee mannen op de boot waren de handlangers van Lenie. Ze hadden vast iets te maken met de aangespoelde sportschoenen. Maar wat deden ze in vredesnaam in de caravan
van Henk de Neus en Annemarie de Danseres Zonder
Naam?

Ik zag Lenie in de zak blazen.

Opeens hoorden we een knal.

Bas, Teuntje en ik schrokken ons dood. Zou er gescho-
ten worden in de caravan? Maar uit het gegil van Lenie
begreep ik dat de plastic zak was geknapt.

Ondertussen begon een oude kwaal van mij op te spelen. Ik was allergisch voor gras en zaadjes. Overal begon
het te jeuken en te kriebelen.

Ik moest me krabben, hoewel ik wist dat de jeuk daardoor nog erger zou worden. Bovendien voelde ik mijn
neus kriebelen. Ik kon het niet meer houden en er volgde een afschuwelijke niesbui.

'Van onderen,' fluisterde ik en we rolden tegelijk het
smalle dijkje af.

Naast de sloot bleven we muisstil liggen.

Boven het dijkje bewogen twee zaklantaarns.

67

'We zien niks,' klonk de stem van een van de handlangers van Lenie.

'Dan moet je beter kijken!' riep ze weer met valse stem.

Met Lenie valt niet te spotten, dacht ik. Hoe zou ze elke keer mannen weer zo gek krijgen om zich met haar in een misdadig avontuur te storten? Ze wist tot nu toe steeds weer een nieuw blik met mannen open te trekken.

'Ik word gek als het die idioot van een oorwurm is, met zijn schijnheilige rotkop.'

'Die zit toch met die rooie geplukte kip in de Stayokay,' zei een van Lenies handlangers.

Ik begreep dat hij daarmee Lees-Trees bedoelde.

'Dat onderkruipsel is tot alles in staat!' riep Lenie. 'Zelfs als ze hem op de maan vasthouden, weet hij te ontsnappen.'

Spreek voor jezelf, dacht ik. Maar het voelde toch ook weer als een compliment.

Ik slikte, ook een detective heeft gevoel, hoor. Een aai over zijn bol wordt altijd op prijs gesteld. Dat geldt voor iedereen, toch?

'Misschien kwam het bij de sloot vandaan,' hoorde ik haar zeggen.

Bas, Teuntje en ik keken elkaar aan. Het volgende moment stonden we tot onze middel tussen het riet in de sloot.

Een ramphacht, deel 2

Bas had drie holle rietstengels in zijn handen.

Hij stak er een in zijn mond, kneep met twee vingers zijn neus dicht en wees naar het water. Teuntje stak haar duim omhoog naar hem en Bas glimlachte verwaand naar mij. Vervelende slijmerd, dacht ik. Een beetje slimmer dan de baas proberen te zijn. Teuntje gaf me via Bas snel een rietstengel en even later gingen we onder water toen de zaklampen angstvallig bij ons in de buurt begonnen te komen.

En dat allemaal terwijl ik echt niet gek ben op het onderwaterleven met zijn bewoners zoals waterspinnen, kikkervisjes en grote als slangen kronkelende wormen of palingen. Getverderrie, wat je allemaal niet moet doen om een zaak succesvol af te ronden als detective.

Voor mijn gevoel hebben we zeker een halfuur in en onder het water verkeerd.

Teuntje ging er als eerste uit. Ze floot op haar vingers

ten teken dat de kust weer veilig was en even later stonden we bibberend van de kou op de dijk. De lampen van
de caravan waren uit en er leek niemand meer te zijn.

Als we daar nog langer waren blijven staan, waren we
het slachtoffer geworden van een vreselijke ziekte. Een
enge slijmziekte of zo. Maar Bas had alweer een idee.
Laten we het erop houden dat hij veel van mij heeft geleerd. Maar ik vond dat hij wel erg veel initiatieven nam
de laatste tijd. Soms kunnen mensen ook doorschieten.

Hij wees naar een waslijn waar wat kleding aan hing.

'Wie er het eerste is,' zei hij en hij zette het meteen op
een lopen. Typisch Bas, die ziet overal een wedstrijd in.

Plattelandsbewoners kunnen heel hard rennen, sneller
dan stadsmensen. Toen ik bij de waslijn kwam, hing er alleen nog maar een bloemetjesjurk, maatje heel erg groot.
Zeg maar het formaat waar ze in sommige landen een
vluchtelingentent van kunnen maken voor een heel gezin.
En daar kan dan gerust nog een gezin bij, als het nodig is.

Bas stond erbij te lachen toen hij naar de jurk wees.
'Zal je vast heel goed staan. Wie weet wordt het wel de
nieuwe mode.'

Op dat moment had ik hem graag een kopje kleiner willen maken. Maar het was nu zaak mijn kop erbij te houden. Soms moet je even je kans afwachten en dan gena-
deloos terugslaan.

Ik slikte mijn woede in, terwijl Teuntje en Bas hun natte
kleding achter een paar struiken uittrokken. Ik griste de

jurk van de waslijn en liep ermee in de richting van de caravan. Ik zou me niet laten kennen, besloot ik. Als detective had ik wel voor hetere vuren gestaan. Ik herinnerde me plotseling dat ik in de musical op school had meegespeeld als achterstuk van een paard en dat om een of andere reden het paardenpak aan mijn broek was blijven plakken door een tubetje Superattack.

Ik rilde, niet alleen door de herinnering aan het paardenpak, maar ook van de kou.

Snel deed ik mijn natte kleding uit en trok de vluchtelingentent over mijn kop.

Toen ik achter de caravan tevoorschijn kwam, zag ik dat de deur op een kiertje stond. Ik duwde hem een beetje verder open en gluurde naar binnen. Het was inderdaad de caravan van mijn oom en tante. Ik herkende de puzzel van de *Nachtwacht* van Rembrandt, die ingelijst en wel boven de tafel hing. Bovendien waren er foto's in lijstjes van de Danseres Zonder Naam in tutu. Lenie, de Neus en de Danseres Zonder Naam hadden dus inderdaad iets met elkaar te maken. Maar wat? Mijn eigen detectiveneus begon te jeuken en dat is een goed teken. Mijn neus was iets nieuws op het spoor. Gelukkig had ik het nog steeds in de vingers, ondanks de potsierlijke tent die ik nu aanhad.

Mijn ogen waren inmiddels aan het donker gewend. Bovendien scheen de maan naar binnen.

Op de tafel lag een plattegrond. Er stond een kruisje bij

71

een straat. En op een geel plakkertje stond een tijdstip: H & A VAN DER SPARRENBOOM, HALFACHT MORGENAVOND. Er stond ook een datum bij gekrabbeld. Krijg nou wat, dacht ik, dat is morgen al! Bovendien wist ik nu ook waar de fietsenkelder was. Gewoon in de Hoofdstraat. Wat had ik toch een heerlijk vak.

Het beroep van detective was me echt op het lijf geschreven.

Ik haalde rustig adem en liep naar buiten. Wat was het toch mooi dat ik als een magneet de oplossingen naar me toe trok. Ik rende naar buiten, maar struikelde over een lijn waarmee de waslijn overeind werd gehouden. Voordat ik het wist, lag ik languit in het gras midden in iets blubberigs dat heel erg rook naar koeienvlaai.

Getverderrie, de stank drong mijn neusgaten in. Het zat beslist niet mee. Ik krabbelde overeind en strompelde naar mijn twee mededirecteuren van het detectivebureau.

Niks laten merken, dacht ik bij mezelf.

'Ik heb nieuwe aanwijzingen!' riep ik. 'Zoals altijd,' voegde ik er gauw aan toe.

Teuntje en Bas knepen hun neus dicht.

'Het stinkt hier,' zei Bas. 'Wat heb je nu weer gedaan, man?' vroeg hij.

'Ik ben in de stront gevallen,' zei ik kribbig terug. 'Mankeert er iets aan je ogen of zo?'

'Nee,' antwoordde hij lachend, 'en ook niet aan mijn neus.'

Teuntje kon haar lachen nauwelijks inhouden.

Ik stapte verontwaardigd de dijk op. 'Als jullie uitgelachen zijn, misschien hebben jullie dan tijd om naar me te luisteren.'

Op dit moment voelde ik weer hoe eenzaam het beroep van een detective kon zijn. Zelfs je vrienden laten je op de ongelukkigste momenten vallen, dacht ik, terwijl de wind grip kreeg op de tent die over mijn schouders hing. Ik kon nog net op tijd voorkomen dat ik in mijn blote kont stond en als een heliumballon door de wind zou worden meegevoerd. Terwijl ik de uiteinden van de jurk stevig tussen mijn knieën klemde, voelde ik opeens de zachte hand van Teuntje op mijn arm en de verliefdheid stroomde meteen weer bij mij naar binnen.

'Vertel me alles over je ontdekkingen,' zei ze. 'Ik hang aan je lippen.'

Ik trok meteen mijn arm terug. Lippen, daar was ik nog niet aan toe, hoor. Eerst elkaar beter leren kennen, dan pas zoenen. Dat moest ik toch echt morgen even met haar bespreken. Verkering mag, zoenen hoeft (nog) niet.

We liepen met onze natte kleren over de dijk terug naar de Stayokay. Ik vertelde ze over mijn ontdekkingen. Lenie was weer terug als een najaarsverkoudheid die elk jaar weer de kop op steekt.

Ik keek naar de maan en de sterren. De jacht op Lenie was weer geopend. We besloten huiswaarts te keren. We hadden voor vanavond wel even genoeg meegemaakt.

Morgen zouden we een bezoekje brengen aan de fiet-senkelder; dat kon nog wel een dagje wachten. We konden dan meteen onze sportschoenen meenemen en ruilen voor een nieuw paar. Misschien zouden we tegelijkertijd aanhoudingen kunnen laten verrichten door de politie. Maar op dit moment hadden we wel iets belangrijkers aan ons hoofd. Hoe konden we ongemerkt in de Stayokay bin-nenkomen? Want ik zag iets van beweging rondom onze tijdelijke verblijfplaats en ik was er niet helemaal gerust op...

In verzekerde bewaring

Tot onze verbazing baadde de Stayokay in het licht en voor de deur stonden een politieauto en een brandweer-wagen.

Natuurlijk wilden we ongemerkt proberen naar binnen te sluipen en dat zou ook zeker zijn gelukt, als niet toe-vallig een zekere Mathieu, de wraakzuchtige ex van mijn zus Caro, ons er niet had bijgelapt.

Hoe is het mogelijk dat die idioot, die elke keer ons de-tectivewerk had weten te saboteren en met de eer was gaan strijken, nu weer uit het niets opdook?

Bij onze vorige twee zaken, de verdwenen scooters en de gestolen meesterwerken, had hij ons tot vervelens toe gehinderd. Het leek erop dat dit eiland een soort afvoer-putje was voor allerlei ongewenste persona non grata.

- Gruwelijke Lenie.
- Henk de Neus en Annemarie de Danseres Zonder Naam.
- Mathieu de verrader.

- De Spiermassa.
- Lees-Trees.

Het zou mij benieuwen wie hier nog meer zou opdui-
ken. Maar eigenlijk verbaasde mij niets meer.

We stonden daar dus in de schijnwerpers, toen die sul
de aandacht op ons vestigde.

'Daar is hij!' riep hij met zijn schelle stem.

De Spiermassa kwam op ons af en prikte met zijn vinger in mijn buik.

'Dierenbeul!' gilde hij naar mij. 'Gemene dierenbeul.'
Zijn ogen leken te rollen.

Ik keek hem verbaasd aan. 'Dierenvriend' leek me een
betere omschrijving die bij me paste. Hebt uw naaste
dier lief, is mijn lijfspreuk.

Hoe kwam die opgeblazen kleerkast erbij om mij voor
dierenbeul uit te schelden?

Lees-Trees kwam ook voor me staan.

'Hebt u een prettige avond gehad met...' Ik maakte
mijn zin niet af en knikte even naar de Spiermassa. Ik
deed een poging om het ijs te breken. 'We hebben even
een luchtje geschept. Hebben jullie hier een brandoefe-
ning gehad of zo? Wat jammer dat we dat hebben gemist. We hadden er iets van kunnen opsteken. Brand-
preventie kan niet belangrijk genoeg zijn.'

Maar dat werkte als een rode lap op een dolle stier.

Lees-Trees greep me bij mijn oorlel.

76

'Dat is kindermishandeling,' hoorde ik Bas zeggen.

'Wacht maar, jij bent straks aan de beurt!' riep ze sissend van woede. 'Ik doe het met heel veel plezier.'

Wat macht met mensen kan doen, dacht ik. Vreselijk!

Het was maar goed dat er niet te veel Lees-Trezen en opgefokte anabole Spiermassa's op de wereld waren. Wij kinderen zouden geen leven meer hebben. Wie de jeugd heeft, heeft de toekomst, zeggen ze. Vergeet het maar met een Lees-Trees en een Spiermassa in de buurt. Ze hebben zelf vast geen jeugd gehad en daarom gunnen ze dat ook een ander niet. Zo ontzettend kinderachtig.

Bas deed een stap naar achteren, evenals Teuntje. Ze hielden hun mond stevig dicht.

Van je vrienden moet je het maar hebben.

Ik voelde me knap belachelijk in mijn bungalowtent met bloemetjesmotief.

Langzamerhand werd het me door het gegil om ons heen duidelijk wat er zich in de Stayokay had afgespeeld.

Het bleek dat de vreselijke, gemene waakhond die door Bas de kamer in was gelokt compleet was doorgedraaid toen er helemaal geen poesjes in de kamer bleken te zijn. In de kamer bevond zich wel een kooi met groene, teergevoelige dwergpapegaaien en die waren door de razernij van de waakhond zo geschrokken dat ze meteen een hartstilstand kregen en nu op hun rug en met hun pootjes omhoog heel erg dood lagen te zijn.

Volgens de in mijn gezicht spugende Spiermassa was dit allemaal mijn schuld.

Ik probeerde nog te zeggen dat dit allemaal niet had hoeven gebeuren als zijn waakmonster de dvd van Martin Gaus had bekeken.

'De eigenaar van het dier is altijd aansprakelijk,' zei ik. Dat wist ik nog van mijn oom Henk de Neus, toen hij Ko ervan had beschuldigd dat hij zijn caravan met opzet had vernield. Ik slikte. Wat had ik Ko nu graag bij me gehad. Alle morele steun was meer dan welkom, want mijn vrienden bleven angstvallig stil.

Alles scheen dus mijn schuld te zijn. De hond had ook nog het alarm laten afgaan, waarop de brandweer en politie met loeiende sirenes uitrukten. Toen die arriveerden stond het schuim bij de hond op zijn bek en ze dachten meteen aan hondsdolheid. De hond kreeg een verdovingspijltje of drie in zijn achterste en huppelde nu achter de papegaaien aan in de papegaaienhemel. Want het bleek net een verdovingspijltje te veel te zijn geweest.

De Spiermassa duwde mij naar de kamer waar al het onheil was geschied. De hond en de papegaaien lagen naast elkaar met de poten omhoog op de biljarttafel.

'Misschien kunt u ze laten opzetten, dan hebt u ze toch nog om u heen,' zei ik tegen de Spiermassa. Ik wees naar boven. 'Er zijn vast ook wel poesjes daarboven in de hondenhemel, reken maar dat hij daar nu achteraan zit.'

Volwassenen kunnen zo onredelijk zijn. Je probeert ze

tegemoet te komen, troost te bieden en wat krijg je? Precies, stank voor dank.

Hij begon erover dat hij mij wilde gaan mollen en daarna wilde hij mij zonder verdoving opzetten.

Maar daar bedankte ik hem voor.

Het bleek verder dat ze mijn vader en moeder voor alle kosten wilden laten opdraaien. Terwijl ik niet eens schuldig was! Ik had zo'n vermoeden dat mijn vader daar niet zo blij mee zou zijn.

'Ik hoop dat je vader een goede verzekering heeft,' zei de Spiermassa dreigend.

Deze schoolkamponderneming was niet helemaal mijn ding en het werd tijd dat er wat zaakjes zouden worden rechtgezet. Ik kwam steeds meer met mijn rug tegen de muur te staan. Ik kreeg tegenwoordig van alles de schuld. Als ze mij de schuld van de opwarming van de aarde en daarna het onder water lopen van Texel in de schoenen konden schuiven, zouden ze dat zeker niet nalaten.

Onder begeleiding van de Spiermassa en Lees-Trees werd ik naar mijn cel gebracht. Ik ging op de rand van mijn bed zitten en maakte in mijn hoofd een to-do-lijstje.

1. Lenie moest worden verhinderd om nog enige criminele activiteiten te ondernemen.

2. Ik moest mijzelf zien vrij te pleiten van de massa-slachting in de biljartkamer.
3. Henk de Neus en de Danseres Zonder Naam moesten worden geholpen (op voorwaarde dat ze alle schuld op zich namen van het verdwijnen van het geld in ons dorp en zwart-op-wit wilden ondertekenen dat ze nooit meer bij ons zouden komen kamperen).
4. Ik moest zien te ontsnappen uit dit strafkamp en wel zo snel mogelijk. Want ik wist niet wat Lees-Trees en de Spiermassa nog meer van plan waren.
5. Vertrouw nooit iemand. Zelfs je mededirecteuren van het bureau niet, zou ik daaraan willen toevoegen. Die laten je namelijk als een baksteen vallen als het hen zo uitkomt.
6. Die Mathieu zou moeten leren mij niet meer voor de voeten te lopen. Stomtoevallig is hij hier in opleiding voor strandwacht (maar omdat ik niet in toeval geloof verdenk ik mijn zus Caro ervan dat ze hem mij achterna heeft gestuurd). Misschien kunnen ze hem hier houden. Of uitwisselen met een badmeester in een ver land. Heel ver weg, zou ik zeggen.

De volgende ochtend moest ik mijn ontbijt in mijn slaapkamercel opeten. Lees-Trees kwam in haar knalrode bejaarde supervrouwuitrusting een bord met twee boterhammen met kaas brengen. Om haar nek hing de sleutel van mijn kamer. Ik besloot maar niet te vragen of ze nog een tochtje op haar bezem ging maken, ook al kon ze heel goed als figurant in een Harry Potter-film meespelen.

Nadat ze het bord naar binnen had geschoven, deed ze meteen de deur weer op slot. Ik zou voor straf nooit meer een boek bij haar lenen, nam ik me voor.

Maar eerst moest ik hier zien weg te komen. De enige vraag was: hoe? Want Lees-Trees had gedreigd iedereen die mij zou helpen zwaar te straffen.

Ik wilde dat ik iets kon bedenken, zodat ik voorgoed van deze twee beulen verlost zou zijn. Het zou niet toegestaan mogen zijn dat ze de schooltijd van een jongen in de bloei van zijn leven zo konden verpesten.

Er klonk weer een klop op de deur en het leek alsof het slot werd opengedraaid. Wat nu weer? Zou de Lees-Trees klaarstaan met een hondenriem, om mij uit te laten?

Ik deed de deur voorzichtig open. Op de gang naast de deur stond een parasol van het terras. Wat moest ik daar nou weer mee? Het was niet echt weer om te zonnen, of zo. Normaal gesproken kan ik heel snel denken. Dat heb ik nog overgehouden van de tijd dat ik in de stadsjungle leefde. Maar nu kwamen de hersencellen maar langzaam op gang. Het moest aan de zeelucht hebben gelegen. Iets anders kon ik niet bedenken. Ik nam de parasol mee naar binnen. Er viel een briefje uit.

ZWEEF ER EENS UIT, stond erop. T. EX

81

Het was van Teuntje. Ik kreeg een warm gevoel in mijn buik. Wat zou ze daar nou mee willen zeggen?

Ik draaide het om. Toen zag ik een tekening van de parasol met een poppetje eraan vast en wat wolkjes om hem heen. Toen wist ik wat ze bedoelde: het was een spectaculaire ontsnappingsmethode. Ons bureau begon steeds meer van deze tijd te worden. Geen suf detective-onderzoek; dat was toch heel erg van de vorige eeuw. Gebruikmaken van de middelen die je hebt – dat is wat een detective van nu in huis moet hebben.

Ik trok snel mijn kleding aan. Buiten zag ik iedereen zich bij de tractor met aanhangwagen verzamelen. Uit het feit dat ik niet was uitgenodigd, moest ik wel de conclusie trekken dat ik hier diende te blijven. Toch jammer dat ze niet konden zien hoe ik uit dit gevangeniscomplex zou gaan ontsnappen. En dat niemand het met zijn mobieltje zou filmen en daarna op YouTube zou zetten. Het zou minstens een miljoen keer kunnen worden aange-klikt. Misschien zouden wat tv-programma's er aandacht aan besteden. Dat zou allemaal zomaar kunnen. Maar helaas moest deze detective zijn succes in zijn eentje vieren.

Ze moesten vast weer iets educatiefs van Lees-Trees doen. Ik voelde de rillingen langs mijn rug lopen. Mijn gevangenschap was wat dit betreft een geluk bij een ongeluk. Soms kan het zelfs in je ellende toch nog meezitten.

De tractor reed met veel rumoer weg.

Ik liep met de parasol onder mijn arm naar het raam. Daar hing een lang stuk touw. Van dat touw knoopte ik een tuigje dat ik aan de parasol kon vastmaken. Kijk, je bent creatief of niet.

Eigenlijk is het allemaal zo moeilijk nog niet. Alleen moet je het wel in huis hebben. Helaas is dat niet voor iedereen weggelegd. Want iets bedenken is één ding, maar het ook doen is een tweede. Echt gek ben ik er nou ook weer niet op om van drie hoog naar beneden te springen. Maar wie wel eigenlijk?

Ik klom door het open raam het platte dak op en liep naar de rand. Het avontuur kon beginnen. Dit was een nieuwe fase in het bestaan van het detectivebureau. Vandaag in de lucht, wie weet morgen in de ruimte. Elke stap is er een. Kees & Ko gaat met alle nieuwe ontwikkelingen mee.

Ik opende de parasol en maakte de tuigage eraan vast. Daar stapte ik toen in. Zo stond ik op de rand, klaar voor de sprong naar de vrijheid.

Ik zweef

Het was even slikken, maar toen deed ik wat ik moest doen. 'Spring,' sprak ik mij zelf toe. 'Nu! Je staat zo weer op de grond. Het is maar een klein stapje naar de vrij-heid, maar een grote stap naar je zelfvertrouwen. Je kunt het, je kunt veel meer dan je denkt. Wie zegt nou dat je het niet kunt?' Toen sprong ik, met mijn ogen dicht. Ik hoefde niet zonodig de grond op me af te zien komen.

Het ging wel een beetje anders dan ik had gedacht. Ik opende mijn ogen en keek verbaasd om me heen. Ik landde niet meteen op de grond. De wind voerde mij mee. Ik hield mijn adem in. Ik zou toch niet in de zee eindigen zoals die ene pastoor in Latijns-Amerika? Die had zich vol laten hangen met heliumballonnen om aan-dacht te vragen voor een goed doel. Hij was daarna nooit meer teruggevonden.

Ik zweefde verder van de Stayokay vandaan. Waar zou ik terechtkomen? Er zat niks anders op dan af te wach-ten. Dat maakt het beroep van een detective ook weer zo

84

spannend. Je weet nooit van tevoren hoe iets zal aflopen.

Er vlogen vogels naast me. Ik haalde diep adem en genoot van de stilte. Wie had dat kunnen denken? De gedwongen verbanning van de stad naar het platteland had een natuurmens van me gemaakt.

Ik hoopte intussen wel dat aan mijn luchtreis een einde zou gaan komen. Ook omdat ik ontzettend nodig naar de wc moest.

In de verte zag ik iets rijden. Het zou toch niet waar zijn! Maar het was inderdaad waar, het was de tractor met aanhangwagen. Snel deed ik een schietgebedje. 'Niet in de aanhangwagen landen. Ik wil overal landen, maar niet bij Lees-Trees op schoot. En ook niet bij de Spiermassa. Echt, het maakt me niks uit, ik wil overal landen, maar niet in de aanhangwagen.' Ik herhaalde mijn wensen, om het kracht bij te zetten. Soms helpt dat namelijk. Soms ook niet, want ik heb vaak genoeg de straatprijs van de Postcodeloterij gewenst en die heb ik nog nooit gewonnen.

De parasol begon te dalen. 'Niet op de schoot van Lees-Trees!' bad ik zachtjes. 'Laat het niet zo zijn, alsjeblieft. Ik zal oma Klappertand mee uitnemen, ik zal lief zijn voor Caro, maar niet te vaak. Maar laat me niet landen op de schoot van Lees-Trees.'

Ik hoorde iemand mijn naam roepen. Het was Teuntje. Mijn medescholieren begonnen naar me te gillen. Ik zag dat ze hun mobieltjes omhooghielden om mij te filmen en te fotograferen.

Ik voelde dat dit een moment van onsterfelijke roem ging worden. Dit kon niemand mij meer afnemen. Hier zou iedereen nog lang over napraten. Maar ik had daarbij gemengde gevoelens. Ik kwam angstig dicht binnen het bereik van de grijpklauwen van Lees-Trees.

Ik zakte steeds verder naar beneden. Iemand probeerde mijn voeten te pakken. Ik zag dat het Lees-Trees was. Vervelende spelbreekster.

Ik ga niet herhalen welke kreten ze naar mijn hoofd slingerde. Zelfs Lenie, de allergemeenste criminele vrouw van het Verenigd Koninkrijk der Lage Landen, zou ze niet in haar mond hebben durven nemen.

Als ik haar woorden zou opschrijven, zou dit boek ten strengste worden verboden en uit alle bibliotheken, scholen en boekhandels worden geweerd, vanwege schending van de kinderziel en de openbare orde.

Ik trok mijn benen in, om zo aan haar grip te ontkomen.

Maar ze kreeg mijn voeten toch te pakken en begon eraan te trekken. Alles was voor niets geweest. Maar toen bleek er een klein beetje geluk in de lucht te hangen. Zouden mijn wensen die ik naar boven had gestuurd dan toch uitkomen?

Ik voelde opeens een ruk wind. Ik schoot weer omhoog, en niet alleen ik, want Lees-Trees was aan mijn benen blijven hangen.

Toen ging de wind ineens liggen en de parasol viel als een baksteen naar beneden.

Zo lagen Lees-Trees en ik op en onder elkaar. Ik probeerde me meteen los te worstelen. Lees-Trees wankelde overeind en kwam met gestrekte armen naar me toe. Ze gaat me wurgen, dacht ik. Dit is geen droom, dit gebeurt echt. Ik zag aan haar verwarde blik dat ze bijna een zenuwinzinking kreeg. Sommige mensen kunnen gewoon niet veel hebben.

Ik zette het op een rennen. Weg van haar en weg van... de enorme, grote stier die ons nu ook had opgemerkt.

Hij kwam op ons af en het zal vast ook aan het knalrode trainingspak van Lees-Trees hebben gelegen dat hij buiten zinnen was.

Lees-Trees had het eerst nog niet eens in de gaten dat we een belager hadden. Maar ik vond het niet het juiste moment om haar dat uit te leggen. Wat had ik moeten zeggen? Dat ze haar knalrode pak moest uittrekken? Er waren allemaal minderjarigen die stonden te kijken. In de stad zijn we wat gewend, maar ook daar zijn grenzen.

Nooit gedacht dat ik dus met Lees-Trees zou gaan slootjespringen. Alles heeft z'n eerste keer.

Ik nam een aanloop en sprong. Achter mij hoorde ik een plons, en nog een. Ik keek achterom. Lees-Trees stond midden in de sloot, samen met de stier.

Moest ik gaan helpen? Toen zag ik dat mijn schoolklas onderweg was en ik besloot 'm te smeren. Ik was mijn leven niet zeker als ik me nog langer dan één seconde in de buurt van Lees-Trees zou ophouden. Zoveel was zeker. Ik moest onderduiken. Maar waar? Opeens kreeg ik een ingeving. De fietsenkelder van oom Henk de Neus en tante Annemarie de Danseres Zonder Naam. In tijden van nood is de familieband het sterkst. Waar heb je anders familie voor? Ze zouden dolblij zijn om mij te helpen en misschien kon ik hen ook helpen. Ik voelde me ontzettend tevreden. Soms vallen de puzzelstukjes mooi op hun plek. Ik keek recht voor me uit. Tegen de horizon stak een kerktoren af. Daar was het dorp en de fietsenkelder. Ik stapte er recht op af. Helemaal alleen, deze keer zonder mijn mededirecteuren Teuntje en Bas. Maar ik heb het al vaker gezegd: de weg die een topdetective moet afleggen is smal en eenzaam.

Familiereünie

Het was al avond toen ik bij de fietsenkelder aankwam.
Daarvoor had zich heel wat afgespeeld.

Saaie momenten komen in mijn leven niet voor, maar
dat is eigenlijk vanzelfsprekend. Mijn leven was en is als
een achtbaan.

Ik was na de aanval van de doldrieste stier op de vlucht
geslagen. Je zou bijna zeggen: 'stieren', als je Lees-Trees
meetelt, want laten we eerlijk zijn: ik ben bang dat ik zo
langzamerhand als een rode lap op haar werk als zij met
haar rode lippen, rode leren rugzakje en rode trainingspak op de stier.

Ik kwam bij het kerkje aan. Er hing een aanplakbiljet op
de deur. Zouden ze nu al opsporingsplakkaten met mijn
gezicht erop hebben opgehangen? dacht ik. Dan waren ze
er wel snel bij hier. Ik was nieuwsgierig en liep naar de
deur, achteromkijkend of ik niet werd gevolgd door een
premiejager, ingehuurd door de Lees-Trees en de Spiermassa. Het zou zomaar kunnen, ze waren ertoe in staat.

Ik las het aanplakbiljet en mijn mond viel open van verbazing.

MUZIEK IN DE KERK

Vanavond vindt de jaarlijkse songfestival sing-along plaats. Alle winnende songs van de afgelopen veertig jaar worden in het Zweeds uitgevoerd.

Piano en begeleiding: Eef Boon
Zang: Cneut Carlson

Hoe was het mogelijk! Mijn hele familie liep hier zo langzamerhand rond.

Gelukkig dat het uitverkocht was. Stel je voor dat ik ernaar had moeten luisteren. Ska, r&b, rap – dat is meer mijn ding, zeg maar.

Ik wilde me snel omdraaien toen de deur van de kerk openging en oom Cneut met een boos gezicht naar buiten kwam lopen. Hij liep me bijna omver.

'Nee maar, oom Cneut, wat een toeval, u ook hier,' zei ik.

Oom Eef kwam ook naar buiten.

'Wat doe jij hier? Je komt toch geen rotzooi trappen? Je hebt toch niet oma ontvoerd of iemand met Superattack vastgeplakt? Of iets anders waar wij nog geen weet van hebben?'

Heerlijk als je zo berucht bent, dacht ik. 'Nee hoor, ik liep toevallig langs.'

En ik moet weer verder, wilde ik daar nog aan toevoegen. Straks moest ik nog helpen ook, of erger: meezingen!

Ik legde hen uit dat ik hier op schoolkamp was. Voor het gemak loog ik er even bij dat we vandaag op survival waren en wat opdrachten moesten uitvoeren. Nou ja liegen, ik had toch eigenlijk net een survivalopdracht van de hoogste categorie achter de rug.

Ze leken me te geloven en hadden inmiddels hun ruzie weer bijgelegd. Het ging over de winnende punten van een van de songfestivalliedjes in 1983. Hadden ze toen al televisie? In elk geval geen mobieltjes, dacht ik en ik was toen meteen terug in de tijd.

Ik zag opeens in dat ik mijn ooms wel even kon gebruiken. Nou ja, hun mobieltjes dan.

Ik zei dat ik de mijne in de jeugdherberg had laten liggen en of ik even mocht sms'en met een van mijn vrienden.

Ze nodigden me uit mee naar binnen en ik was ook meteen uitgenodigd voor het concert. Het doel heiligt de middelen, dacht ik uitgekookt. Ik had bovendien al zoveel meegemaakt de afgelopen paar dagen. Die Zweedse songfestival sing-along kon ik er nog wel bij hebben.

Ik stuurde meteen een sms naar Bas en Teuntje. Ik moest daarbij denken aan een Engels boek van mijn vader. *The eagle has landed*, toetste ik in.

Waar ben je? T., kreeg ik meteen als antwoord.

In een schuilkerk, antwoordde ik.

Lees-Trees heeft de oorlog verklaard, sms'te Bas.

Aan wie? vroeg ik.

Jou natuurlijk, ze wil je aan de haaien voeren.

Er zijn geen haaien in de Waddenzee, sms'te ik terug.

De Spiermassa is naar de politie, antwoordde Bas.

Waarom?

Om jou op te sporen.

Ik beet op mijn lippen. In plaats van dat die veldwachters Lenie weer opsloten, gingen ze achter een onschuldig kind aan.

Ik was nog meer vastbesloten dan voorheen om uit ieders handen te blijven. Dus als dat zou betekenen dat ik naar de winnende songfestivalliedjes van de afgelopen veertig jaar zou moeten luisteren, dan zou ik dat doen. Alles voor het goede doel: Lenie terug in de nor en een publiekelijk excuus van Henk de Neus en Annemarie de Danseres Zonder Naam. Ik was nog nooit zo recht op mijn doel afgegaan als nu. Als ze oorlog met me wilden, dan konden ze dat krijgen.

Deze kerk zou een schuilkerk zijn voor ik naar de fietsenschuilkelder zou vertrekken. Het ging erom vanaf nu alles strak in de hand te houden. Wat dat betreft was het ook wel weer handig dat ik in mijn eentje was. Bovendien is overleggen niet altijd mijn sterkste punt.

Cneut pakte me bij de arm. 'Misschien dat jij de programmaboekjes kunt uitdelen, lijkt je dat wat? Of moet je alweer terug?'

Ik schudde mijn hoofd. 'Dit is een oefening in zelfstandigheid,' fantaseerde ik erop los. 'Volgend jaar moeten we ook zelfstandig naar de middelbare school fietsen.'

Cneut knikte alsof hij het begreep. 'Je gaat toch geen problemen trappen, hè?' vroeg hij argwanend. 'Eef en ik zijn gevraagd om hier meer muzikale projecten en culturele manifestaties te organiseren. Dus we willen onze goede naam graag houden. Begrijp je dat?'

'Natuurlijk,' zei ik toen. 'Gaan jullie ook musicals doen?'

Cneut knikte. 'En ook bewegingstheater.'

Ik griezelde, want dat deed me denken aan de dramalessen op school in de grote stad. Ik had heel wat keren een autoband, een vaas zonder bloemen of een bezem moeten uitbeelden.

'Nou,' zei ik toen, 'Texel staat veel moois te wachten.'

'Zeker weten,' antwoordde mijn oom Cneut. Hij liet me trots een poster zien van een bruidsjurk.

'Gaan jullie een bruidsmodezaak beginnen?' vroeg ik geïnteresseerd.

'Het is een manifestatie die morgen op het strand plaatsvindt. Iedereen mag zijn bruidskleding meenemen en op het strand of thuis aantrekken, daar gaan we dan foto's van maken. Dat wordt een tentoonstelling: de mooiste dag van je leven.'

93

Ik trok mijn wenkbrauwen omhoog. Zouden die jurken nog wel passen? vroeg ik me af.

'Hoe gaat het dan met mensen die gescheiden zijn?' vroeg ik.

'Die krijgen een zwarte rouwband,' zei mijn oom. 'Daarmee kunnen ze hun verdriet verwerken, als afsluiting van een periode. Daarna gaan de jurken naar Nairobi in Afrika. Daar willen ze ook heel graag mooi trouwen, maar daar hebben ze vaak geen geld voor.'

'Bruiden voor bruiden!' riep ik in het wilde weg.

'Misschien kun je morgen ook komen helpen?' vroeg Cneut meteen.

Ik deinsde van schrik achteruit.

'Ik ga echt niet in een bruidsjurk rondlopen, hoor!' riep ik.

Cneut moest lachen. 'Welnee! Alhoewel, het zou je best leuk staan.'

Ik lachte mee als een boer met kiespijn. Die bloemetjestent die ik nog geen vierentwintig uur eerder aan had gehad, was al erg genoeg. Ik had er absoluut geen behoefte aan ook een bruidsjurk te dragen, zeg maar.

Vanuit de openstaande kerkdeur zag ik in de verte een langzaam rijdende politieauto. Ik rilde. Misschien was de jacht op mij al begonnen.

Lenie, alweer

Toen ik op alle stoelen liedboekjes had neergelegd, ging ik even naar de wc. Plotseling hoorde ik een bekende stem. Ik schrok. Wat deed Lenie hier nu weer? Liet ze me dan nooit met rust?

'Bent u van de organisatie?' hoorde ik haar aan iemand vragen. 'Ze hebben mij gevraagd bij de wc's te zitten vanavond, zodat het allemaal een beetje schoon blijft.'

'Ik zal u er even naartoe brengen,' klonk een stem. 'Alle schoonmaakmiddelen staan al voor u klaar. We hebben een tafeltje met een schoteltje voor u neergezet. Dan verdient u ook een extraatje.'

Ik hield mijn adem in. Ze zat hier waarschijnlijk ook vanwege haar taakstraf.

Kwam dat even mooi uit.

Als ik Lenie vanavond kon betrappen op iets crimineels, kon ik weer rustig naar huis. Lees-Trees zou mij niets durven doen, want ik zou de held van de dag zijn. Ik zag mijn foto al in de kranten staan.

Ik had een bijzonder tevreden gevoel. Dit was echt appeltje-eitje. Ik voelde in mijn broekzak. Gelukkig, de twee tubetjes Superattack zaten daar nog steeds. Allebei klaar voor gebruik.

Maar ik zat ondertussen wel op de wc gevangen. Hoe kwam ik hier nu weer uit?

Lenie probeerde wel een keer de deur open te maken, maar die zat lekker op slot. Ik zat gehurkt boven op de wc-pot. Ik wachtte rustig af op de dingen die komen zouden.

Toen ging haar telefoontje af.

'Hi, met mij.'

…

'Op de wc.'

…

'Hoe laat kun je hier zijn?'

…

'Nee, niemand kan ons hier zien of horen.'

…

Zou je denken, dacht ik tevreden. Wat is het toch heerlijk als je altijd de juiste persoon op de juiste plaats blijkt te zijn. Daar komt het op aan. Eens een detective, altijd een detective. Een goede detective is een onzichtbare detective.

Lenie hing op en ging aan het werk.

Af en toe ging er iemand naar de wc naast mij.

De verbindingsmuur boven was open. Ik leed daar in

mijn eentje heel wat af. Ik was echt in een stinkende zaak terechtgekomen, letterlijk en figuurlijk.

De muziek was al een tijdje bezig. Ik hoorde af en toe mijn oom Cneut een nummer in het Zweeds zingen. Heel apart allemaal.

Opeens hoorde ik twee mannenstemmen. Dezelfde stemmen die ik op de boot had gehoord. Ach, wat een mazzel. Nog even en ik was op de hoogte van alle criminele plannen. Het was een lange zit op de plee. Maar het zou de moeite waard blijken te zijn.

'Hoi baas', zei een van de mannen. 'Het is allemaal geregeld. Er komt vanavond om twaalf uur weer een containertje aan bij de vuurtoren, met heel mooie, dure, illegale vuurwerkpijlen uit China.'

'Als die container ook lek gaat, sla ik jullie lek', zei Lenie.

Zo ken ik je weer, dacht ik.

'Daarna gaat het in kisten naar die armoelijders in de fietsenkelder. En dan gaat het in de caravan. Een paar keer op en neer en de handel is op het vasteland. Begrepen?'

'Ja, baas. Maar hebben die lui van de fietsenkelder niets door?' vroeg een van de mannen.

'Ben je gek! Bovendien zitten ze compleet aan de grond. Ze moeten al hun inboedel op rommelmarkten verkopen. Daarom waren ze zo blij dat wij hun caravan wilden huren', zei de andere man

Lenie lachte vals. 'Ze zouden moeten weten dat ik ze al

een keer had ontvoerd, samen met dat gluiperige neefje van ze. Het is maar goed dat ze mij niet hebben ontmoet,' zei Lenie. 'Dat kleine stuk ellende loopt hier trouwens rond op het eiland. Maar gelukkig staat hij onder streng toezicht. Nog een paar dagen en mijn taakstraf zit erop. Dan is het een kwestie van inpakken en wegwezen.'

Er viel een stilte. Ik durfde nauwelijks adem te halen. Ze moest eens weten dat ik zo ongeveer onder haar neus zat. En dat ik haar op heterdaad had betrapt. Illegale smokkel van Chinees vuurwerk. Ik zou er met plezier aan werken om haar weer voor jaren achter de tralies te krijgen.

'Er wordt wel een kind vermist uit de Stayokay,' zei een van de mannen. 'De politie is aan het rondvragen over een jongen.'

Lenie begon te hoesten.

'Een zak!' riep een van de mannen. 'Geef haar snel een zak om in te blazen. Ze heeft het weer.'

'Het hoeft niet dezelfde jongen te zijn, Lenie,' zei een van de mannen. 'Het gaat om een jongen die met een parasol is ontsnapt uit de Stayokay en daarna met zijn begeleidster in een weide is geland, waar ze door een dolle stier zijn aangevallen. Met de begeleidster gaat het naar omstandigheden goed. Van de jongen ontbreekt elk spoor. Nogmaals, het hoeft niet om dezelfde jongen te gaan. Dat zou wel een groot toeval zijn.'

Toeval bestaat niet, dacht ik bij mezelf.

Op dat moment klonk er een harde knal. Dat moest de zak van Lenie zijn.

Ze bleef er zowat in, aan haar gekuch te horen.

'Gluiperd, meelworm, onderkruipsel!' gilde ze tussen het kuchen door.

Ik kreeg de indruk dat ze mij daarmee bedoelde.

'Misschien moet ze even een luchtje scheppen,' zei een van de mannen.

Ik hoorde ze weglopen en ik zag kans uit mijn kleine gevangenis te ontsnappen. Maar waar moest ik nu heen, zonder dat iemand mij zou opmerken?

Ik liep naar een deur en deed hem voorzichtig op een kier. De zaal zat vol publiek.

Ik hoorde voetstappen achter mij. Snel naar binnen, dacht ik. Voordat gruwelijke Lenie me vond.

Mijn oom was nu bezig met de Zweedse uitvoering van een of ander winnend nummer uit Israël. Ik zag mijn oom Eef heftig gebaren naar de muziektechnicus omdat het muziekbandje bleef steken. Ik stond intussen veilig verborgen achter een gordijn naast de deur. Hoe kwam ik hier vandaan? Aan de andere kant van het podium was ook een deur. Ik wist dat daarachter een deur naar buiten was. Dat had ik al eerder gezien vandaag. Die deur moest en zou ik bereiken, maar hoe? Onder het tapijt door kruipen? Dat leek me niet zo handig. Veel tijd om er verder over na te denken had ik niet. Door de openstaande deur werd een groot voorwerp met een wit doek eroverheen geschoven en ik zag mijn kans. Ik kroop snel onder het witte doek.

Mijn oom Eef kwam erbij staan, te horen aan zijn stem. 'Moet dat nu? Kan dat niet even wachten, tot na de voorstelling? Dat hadden we toch niet afgesproken zo? Bovendien is Cneut nog aan het zingen en hij is tenslotte de schepper van dit alles.'

'We schuiven hem even naar het midden en na de onthulling gaat-ie weer naar de zijkant,' sprak een man.

Waar gaat dit allemaal over? dacht ik.

Mijn oom Eef sputterde nog even tegen.

'De burgemeester wil het zo,' was het commentaar van de man. 'Hij heeft nog andere belangrijke dingen te doen vandaag.'

Ik was zo langzamerhand wel benieuwd naar wat er zou worden onthuld. Ik mocht hopen dat het niet ging om het criminele smokkelcomplot van gruwelijke Lenie. Het zou niet de eerste keer zijn dat een ander er met de eer van het detectivebureau vandoor ging.

Opeens voelde ik het voorwerp waar ik op zat in beweging komen. Het ging allemaal gesmeerd. Zo dadelijk zou ik aan de andere kant van het podium staan en dan kon ik hem smeren.

Mijn oom Cneut voltooide weer een Zweedse uitvoering van een totaal onbekend winnend songfestivalnummer. Daarna klonk applaus en werd het stil.

Ik was benieuwd wat er nu weer zou gaan gebeuren.

Iemand nam het woord. Al die tijd zat ik als een bevroren levend standbeeld onder het witte laken. Ik durfde nog geen wenkbrauw te bewegen.

'De commissie van Kunst in de Kerk is blij met het tienjarig bestaan van de culturele commissie. Mede dankzij de inzet van Cneut Carlson en Evert Boon is deze kerk een centrum van creatieve activiteiten. Morgen vindt op het strand de bruidsjurkenparade plaats, om maar een voorbeeld te geven, en we hebben allemaal net kunnen genieten van Zweedse volksliedjes.'

'Songfestivalklassiekers,' verbeterde mijn oom Eef de spreker.

De spreker negeerde oom Eef en vervolgde zijn toespraak. 'De heer Cneut heeft niet alleen vele concerten en dansvoorstellingen gegeven. Hij is daarnaast ook een internationaal bekend beeldhouwer.'

Laat dat 'internationaal' en 'bekend' maar weg, zou mijn vader zeggen.

Wij hebben thuis de grootste moeite gehad om zijn beeldhouwwerken uit onze tuin te weren. Vooral toen hij nog in zijn benenperiode zat en allerlei in aluminium gegoten benen op een sokkel zette.

Doordat ik zo in gedachten was, had ik een deel van de toespraak gemist, maar ik begreep dat mijn oom ter gelegenheid van het jubileum een van zijn kunstwerken aan de kerk ging schenken.

Ik vroeg me af hoe lang het nog zou duren voordat ik

naar de zijkant zou worden geschoven. Ik wilde ook wel-eens verder. En ik begon slaperig te worden. Maar een detective kan pas rustig slapen als hij alle boeven gevangen heeft genomen.

Ondertussen was er een vlieg onder het doek gekomen en op mijn neus gaan zitten.

Ga weg, beest, dacht ik. Niet nu. Het komt gewoon niet uit.

'Dan vragen we de burgemeester het beeld te onthullen,' zei de spreker.

Opeens kreeg ik een glashelder inzicht. Ik zou nu toch niet op een zeker kunstwerk van mijn oom zitten, dat op het punt stond om te worden onthuld door de burgemeester?

Mijn neus begon echt heel erg te kriebelen. Ik kon het echt niet meer houden. Dikke, vette shit.

'Dan verklaar ik hiermee...' sprak een stem, die van de burgemeester moest zijn.

Toen kon ik niet meer. Ik nieste en op hetzelfde moment werd het doek van me afgetrokken.

'Wat zullen we nu krijgen?' hoorde ik iemand zeggen.

Ik zat op een enorme tuinkabouter en de zaal lag slap van het lachen.

Wat moest ik nu doen? Een buiging maken?

Mijn ooms zagen asgrauw en ik hoorde opeens een kreet.

'Pak hem, hij is levensgevaarlijk. Laat hem niet ontsnappen.'

Op de voorste rij stonden Lees-Trees en de Spiermassa en ze waren bezig het podium op te klimmen.

Ik sprong van de tuinkabouter af en trok een sprint naar de zij-ingang. Er is een tijd van komen en er is een tijd van gaan. Het moment van mijn vertrek was nu echt aangebroken. Ik had daar geen seconde langer moeten blijven.

Even later stond ik buiten en ik verstopte me in een openstaande bestelbus. Ik hoopte dat de chauffeur snel kwam opdagen. Want ik wilde een heel eind uit de buurt van Lees-Trees, de Spiermassa en mijn beide ooms zijn. Ik nam aan dat er al wat telefoontjes naar het thuisfront waren gepleegd. Volwassenen kunnen soms zo onsportief zijn. Ik zat achter een paar kratten in de bestelbus verstopt, te wachten op een snelle aftocht.

Had ik weleens verteld dat een hoofdregel van elk detectivebureau is: toeval bestaat niet? Als je hem nog niet wist, hier is hij nog een keer: TOEVAL BESTAAT NIET. In hoofdletters deze keer, omdat deze regel altijd opgaat.

De twee handlangers van Lenie stapten in de bestelbus en reden er snel mee weg.

Alles valt op zijn plaats

Een goede zaak lost zichzelf op. Dat zal iedere detective be-
amen. Of beter gezegd: een detective die professioneel is en
over ervaring beschikt. En bovendien weet een goede detective dingen eerder dan anderen. Noem het helderziend-
heid. Noem het een gave, of wat je maar wilt. Er is meer
tussen hemel en aarde en detectives zijn daar gevoelig voor.

Ik kon vanachter in de bestelbus het gesprek tussen de
twee mannen afluisteren. Ik had de zaak bijna rond. Het
was nu een kwestie van de juiste stappen zetten.

De bestelbus reed met grote snelheid het dorp uit en dus
ook van allerlei lieden die op dit moment hun woede
niet op mij konden uitleven. Wel zo rustig.

Gelukkig mankeerde er niks aan mijn oren en kon ik
het gesprek ondanks de luide motor goed volgen.

'Hoe laat komt die kotter uit Denemarken?'

'Om twee uur middernacht. Met drijvertjes deze keer,
zodat we hem gemakkelijk met de reddingsboot aan

land kunnen trekken. We moeten niet hebben dat die container weer kapotgaat.'

'Appeltje-eitje,' zei de andere man en ze moesten allebei lachen. 'Je weet zeker dat we de reddingsboot kunnen gebruiken?'

'Ja, hij ligt vanavond klaar bij de bouwkeet. Die onderhoudsman van de reddingsboot eet uit Lenies hand.'

'Hoe kent ze hem eigenlijk?'

'Hij is vrijwilliger bij de natuurboerderij.'

'Lenie versiert ze allemaal,' zei de andere man lachend.

Ik rilde. Lenies aantrekkingskracht op mannen was als een magneet die zelfs de roestigste spijker uit een plank trekt. Die arme onderhoudsman heeft zich dus ook laten inpalmen.

'Dus we gaan met de lamp heen en weer en dan laat de kotter de container los?'

'We kunnen de vuurtoren gebruiken.'

'Hoe heb je dat nu weer kunnen regelen?'

'Lenie kent iemand die de sleutel heeft van de vuurtoren. Die ligt in het opbergkastje van de reddingsboot.'

'Die Lenie,' lachte de andere man. 'Kent ze hem soms ook al via de natuurboerderij?'

'Nee, gewoon via een datingsite.'

Ik moest slikken. Het werd de hoogste tijd dat deze mannenverslindster weer achter de tralies kwam. Ze was in staat alle kerels op Texel het hoofd op hol te jagen en mee te slepen in haar gemene, misdadige spelletjes.

Het was maar goed dat ik er was. Zoals ik al zei: de juiste man op de juiste plek.

In gedachten zag ik de koppen in de kranten al voor me.

KEES, REDDER IN NOOD

KEES BEHOEDT TEXEL VOOR DE ONDERGANG

'Dit is de gelukkig de laatste zending,' zei een van de mannen weer. 'Haar taakstraf zit erop, de tickets naar Dubai zijn geboekt. Eens zien of die oliesjeiks weerstand aan haar charmes kunnen bieden. We hebben nu wel genoeg verdiend aan al die valse Rolex-horloges, Lacoste-shirtjes en Louis Vuiton-tassen.'

Een bende in valse merken, dacht ik. Wat was Lenie toch een doortrapte heks. Wat een lage, gemene, doortrapte rotstreek om coole, hippe, gave rolmodellen zoals ik te misleiden met nepspullen. Dit moest ophouden. Het zou me niet verbazen als ze in Dubai weer nieuwe criminele plannen gaat zitten uitbroeden. Deze vrouw was tot alles in staat, zelfs het tot creëren van een internationale oliecrises.

Ik droomde al van het standbeeld dat ze voor mij zouden plaatsen en bordjes op alle plekken waar ik ben geweest.

Maar eerst moesten er een paar zaken worden geregeld voordat het zover was.

De bestelbus stopte. Ik gluurde over de rand van de kratjes.

'Het is maar goed dat Lenie niet weet dat we wat spulletjes hebben achtergehouden,' sprak een van de mannen.

'Onze eigen oudedagsvoorziening,' grinnikte de ander.

Ik heb al vaker gezegd: vertrouw nooit iemand. Deze regel gaat zelfs op voor criminelen.

De mannen stapten uit de bestelbus. Ik zag dat we bij een houten werkkeet stonden. Ze gingen de bouwkeet in en deden de deur dicht. Het was nu of nooit, dacht ik. Ik haalde mijn kostbare geheime wapen uit mijn broekzak. Eén tubetje Superattack moest voldoende zijn.

Ik spoot wat lijm in het slot en deed ook nog wat om de randen van de deur. Die mannen zaten voorlopig vast. Er waren geen raampjes en de bouwkeet stond mijlenver van de bewoonde wereld.

Ik had de kat vastgeplakt op de gestolen spek, om het zo maar eens te zeggen. Ik zou ze later wel bij de politie aangeven.

Nu moest ik alleen nog teruglopen naar mijn schuilplaats voor die nacht. Zouden Henk en Annemarie blij zijn mij te zien? Vast wel, sprak ik mijzelf moed in.

Niemand laat zijn eigen neef stikken. Toch?

In de familieschoot

Het was donker toen ik de straat had gevonden waar de fietsenkelder zich bevond. Ik had me tijdens de lange wandeling terug naar het dorp hoogst ongemakkelijk gevoeld. Zou dat komen omdat ik op de vlucht was? Misschien hadden ze een extra uitzending van *Opsporing verzocht* ingelast. Lees-Trees was ertoe in staat. Hoe zou het nu met mijn vader en moeder zijn? Ze waren vast in alle staten.

Ik wilde nog maar even niet denken aan de festiviteiten bij mij thuis.

Ik voelde de hele weg ogen in mijn rug prikken en ik miste mijn vrienden Bas en Teuntje. Met zijn drieën was het speurwerk toch leuker. Je weet dat je er als detective alleen voor staat, maar samen is leuker dan alleen. Ook de andere niet-aanwezige mededirecteur miste ik verschrikkelijk. Alleen al zijn trouwe hondenogen. Bij de gedachte aan Ko moest ik slikken. Ik had hem graag even een krabbel op zijn kop gegeven, maar dat zat er even niet in. Ik was hier en hij was thuis. Ik moest snel met mijn vrienden in contact zien te komen, misschien in vermomming.

Maar hoe? Ik beschikte niet over een mobieltje. Bovendien, wie weet had Lees-Trees de mobieltjes van Bas en Teuntje in beslag genomen en zat ze te wachten op een bericht van mij. Lees-Trees was als een bedreigde diersoort en die kunnen rare sprongen maken.

Ik stond voor de fietsenkelder. Er brandde een lichtje binnen. Ze waren dus thuis. Ik klopte op de deur en voelde mijn hart bonzen.

In de verte klonk een zacht geluid, maar de deur ging niet open. Ik klopte nog een keer, maar zonder resultaat.

'We hebben geen schoenen meer,' hoorde ik ineens de stem van mijn tante zeggen.

Oké, het werd tijd voor zwaarder geschut. Ik deed de klep van de brievenbus open.

'Surprise!' riep ik door de brievenbus, met mijn neus dichtgeknepen. 'Vandaag is uw geluksdag, u hebt de bingo van Lottoweekend Miljonairs gewonnen.'

Opeens gingen alle lampen aan. Bingo, dacht ik.

Ik deed even een stapje opzij en daarna vloog de deur open. Annemarie de Danseres Zonder Naam en Henk de Neus stonden in hun pyjama in de deuropening.

Ik deed een stap naar voren en zei: 'Hoi oom Henk, hoi tante Annemarie, ik was in de buurt en ik dacht: ik kom even langs.' Ik liep snel naar binnen, want ik had niet echt het gevoel dat ze me zomaar zouden binnenlaten.

Annemarie was als eerste weer bij zinnen. Ze wees met trillende stem naar de uitgang.

'Doe wat,' zei ze tegen Henk de Neus.

Maar ik bleef rustig staan. 'Gezellig,' zei ik. 'Ik voel me nu al thuis hier.' Om me heen stonden allerlei spulletjes die ik uit het huis van oma Klappertand herkende.

Ook stonden er allemaal Chiquita-bananendozen met spulletjes in krantenpapier verpakt. Vast voor de rommelmarkt.

En ik zag heel veel schoenen om me heen, waar ik ook keek.

Mijn tante bewoog haar mond, maar er kwam geen geluid uit. Maar al liplezend begreep ik dat ze 'eruit' wilde zeggen.

'Precies,' zei ik. 'U moest er even uit, in verband met beleggingsproblemen, en ik moest er ook even uit. Daarom komt het allemaal ook zo goed uit dat ik hier nu ben. De juist man op de juiste plaats.' Ik zag dat ze nog niet helmaal overtuigd waren. 'Ik kom jullie redden.' Ik wees naar een stapel dozen. 'Hoe zouden jullie het vinden om voor heling in de bak te komen?' Mijn oom en tante keken me met grote ogen aan.

Ik vertelde ze alles wat ik wist. Over Lenie, de smokkelbende, en hun kelder die als smokkelopslagplaats werd gebruikt. En binnenkort ook als munitiekelder voor Chinees illegaal vuurwerk.

'Stel je voor dat daar een vlammetje bij komt,' vertelde ik. 'Dan vliegt half Texel de lucht in. Hopelijk is oom Henk daar goed tegen verzekerd.'

Ik zag hem met zijn linkeroog trekken. Oom Henk verkocht tenslotte verzekeringen.

'Hoe weten we dat je ons niet voor de gek houdt?' vroeg hij argwanend.

'Het draait allemaal om vertrouwen,' vertelde ik.

'Misschien heeft dat rotjoch gelijk,' zei Annemarie.

Nou, nou, 'rotjoch' is nergens voor nodig, dacht ik. Volwassenen waarderen je nooit als je ze wilt helpen.

'Ze hebben ons niks over vuurwerk verteld,' vervolgde ze. 'Het zou om kerstkaarten met muziek gaan. Dat vertelden die mannen.'

Henk de Neus liep naar achteren. Hij kwam terug met een grote doos. 'Hier zou kerstversiering in moeten zitten,' zei hij.

Uit de doos kwamen allerlei merkhorloges tevoorschijn. Maar dan nagemaakt.

'Maar goed dat we er op tijd achter zijn gekomen,' zei Henk.

Hallo, dacht ik. Laat dat 'we' maar weg. Een detective krijgt nooit de beloning die hij verdient.

Henk pakte zijn mobieltje uit zijn broekzak.

'Wat ga je doen?' vroeg Annemarie.

'De politie bellen!'

Ik trok bleek weg. Geen politie, dacht ik. Ik zou wor-

111

den uitgeleverd aan Lees-Trees en ik moest er niet aan denken wat ze dan met me zou gaan doen.

Mijn tante Annemarie dacht er gelukkig ook anders over. Ze pakte het mobieltje uit zijn handen.

'Ik dacht het niet,' zei ze. 'Straks worden we als medeplichtigen opgepakt. Laten we daar nog even mee wachten. Misschien kunnen we iets verzinnen.'

Ze keek op haar horloge. 'Moet jij niet terug naar waar je vandaan kwam?' zei ze tegen mij.

Voor het eerst raakte ik in paniek. Nou ja, eventjes dan. 'Ik moet iets bekennen,' zei ik toen.

Ik wreef een denkbeeldige traan uit een oog en zei met trillende stem: 'Het is uit met mijn verkering. Ze is er met mijn beste vriend vandoor.'

Ik ging tegen de schouder van mijn tante staan. Ze wreef over mijn rug.

'De eerste keer is het ergst,' zei ze.

Ik mocht die nacht op de bank slapen, maar ik maakte ze eerst deelgenoot van het plan dat ik onderweg van de bouwkeet naar de fietsenkelder had bedacht. Ik moest ze er alleen nog even van overtuigen dat ze een grote rol zouden gaan spelen in dit plan. Het onderwerp beleggingsfraude liet ik maar even rusten. Dat kwam later wel.

Een nachtelijk avontuur

Ik stond met Henk de Neus en Annemarie de Danseres Zonder Naam bij de bouwkeet. Ik had ze er nog net van weten te weerhouden hun woede op de keet uit te leven.

'Ze zitten toch al lekker opgeborgen. Kunnen ze vast wennen voor als ze straks in de lik zitten en wasknijpers gaan maken,' zei ik.

Ik voelde me blij en tevreden. Het zat eindelijk mee. Morgen zou de ontknoping plaatsvinden.

Dit was mijn plan:

FASE 1
Henk de Neus en ik gaan met de reddingsboot de container ophalen. De Danseres Zonder Naam speelt voor vuurtorenwachter om de boot te seinen, precies zoals op het papiertje staat beschreven dat bij de sleutel van de vuurtoren ligt.

Daarna wordt de container geleegd en bij de bouwkeet neergelegd.

FASE 2

Ik had Teuntje en Bas al ingeseind via de mobiel van Henk. Lees-Trees was overspannen en lag met ijszakken op haar hoofd op haar kamer, sms'te Teuntje terug. Zij en Bas hadden gelukkig hun mobiel nog.

Bas en Teuntje brengen een brief naar de caravan waar Lenie verblijft.

In de brief staat dat de spullen naar de caravan worden gebracht omdat er waterschade is aan de fietsenkelder. En dat ze er morgen om twee uur moet zijn. Daar wordt dan verder overlegd.

FASE 3

Tijdens de bruidsjurkenmanifestatie wordt de tractor met aanhangwagen gekaapt. Bas en Teuntje sms'ten namelijk dat ze daar de volgende dag met de klas naartoe zouden gaan. Wat heerlijk dat alle losse eindjes aan elkaar werden geknoopt. Dat maakt het werk van detective zo prettig overzichtelijk. Niks geen toeval, alles loopt zoals het moet.

Er is één vervelend minpuntje in deze fase: ik moet me als bruidsmeisje vermommen. Mijn tante bleek haar trouwjurk en alles wat erbij hoorde nog in een van de Chiquita-dozen te bewaren. En mijn oom wist nog een witte sinterklaaspruik tevoorschijn te toveren.

114

FASE 4

Aanhouding van Lenie en haar handlangers door het bevoegde gezag. Afhankelijk van interviews, tv-optredens, fotoshoots en handtekeningsessies terug naar de Stayokay en weer op tijd naar de boot voor de terugreis.

Zo was het plan en deze keer kon er niets meer fout gaan.

Mijn tante keek op haar horloge. Het was bijna zover.

Terwijl mijn oom de motor van de boot startte, deed zij de deur van de vuurtoren open. Mijn oom stuurde de boot naar de open zee.

Nog even en er zou een container in zee worden gestort.

Ik keek op mijn horloge. Het was één minuut voor twaalf. Ik telde de secondes. Om twaalf uur precies schoot er een vuurpijl de lucht in.

Mijn tante Annemarie volgde exact de aanwijzingen van het papiertje op. Als een volleerd vuurtorenwachter seinde ze naar het schip dat de lading kon worden gelost. Wat een team waren we. Ik voelde dat we als familie heel erg naar elkaar toe aan het groeien waren.

Mijn oom stuurde de boot behendig naar de plek waar de tweede vuurpijl afging. En daar zagen we de container vol Chinees siervuurwerk drijven. Oom Henk en ik bonden de container zo goed en zo kwaad als het ging

115

aan de boot vast en trokken hem achter ons aan naar de kant. Daar stond mijn tante ons al op te wachten.

Mijn oom en ik wilden even uitrusten, maar daar wilde de Danseres Zonder Naam niks van weten.

'Meteen uitladen!' sprak ze. Ze klom boven op de drijvende container en bevestigde het touw aan de haak van de kraan die klaarstond.

Even later hees ze de container zorgvuldig op de kant. Er kon een eitje tussen, zo zachtjes zette ze hem neer.

Nu begreep ik wat mijn vader bedoelde als hij zei dat mijn tante thuis de broek aanhad. Ze was gewoon de man in huis. Nog beter dan een man, want mijn vader kan nog niet eens zonder kortsluiting een lampje verwisselen.

Teuntje en Bas zullen moeten oppassen. De Danseres Zonder Naam was een heel professionele multigetalenteerde vrouw.

Ze maakte de container open en terwijl mijn oom en ik de dozen uitlaadden, kwam zij alweer met een vorkheftruck aangereden. Hoe kreeg ze het voor elkaar! Gewoon twee contactdraadjes tegen elkaar houden, sprak ze lijzig.

Even later stonden alle dozen tegen de muur van een loods in aanbouw naast de bouwkeet. Over de dozen hadden we een stuk zeil gelegd. Mijn tante liep naar de container en bond er een boei aan vast, toen prikte ze de drijvers door en de container verdween met veel luchtbellen onder water.

Ze wreef in haar handen. 'We willen niet dat het bewijsmateriaal verdwijnt, hè? Stel je voor dat er nog meer handlangers van die Lenie rondlopen.'

Ik knikte. Lenie was tot alles in staat.

Mijn tante schold daarna de mannen in de bouwkeet nog even flink uit en vertelde ze dat morgen iedereen zou worden gearresteerd.

Ik kon het haar niet kwalijk nemen. Ze moest haar woede gewoon even kwijt.

Ik had grote bewondering voor haar gekregen. Mijn tante zou door de regering moeten worden ingezet als geheim wapen in de terrorismebestrijding, dacht ik. Ze zou ze in haar eentje aankunnen.

Toen we terug waren in de fietsenkelder bedankte ik mijn oom en tante voor alles.

Mijn tante kwam voor me staan. 'Als je maar niet denkt dat we nu bevriend zijn,' sprak ze. 'Als dit achter de rug is, hoop ik je nooit meer te zien.'

Ik slikte. Misschien had onze familieband wat meer tijd nodig. Daarna viel ik in slaap. Het zou morgen een heftige dag worden. Ik hoopte maar dat Teuntje en Bas de brief hadden kunnen bezorgen.

Het bruidsmeisje

De volgende ochtend werd ik vroeg gewekt door het geluid van een motorzaag. Ik schrok ervan. Maar het geluid bleek afkomstig te zijn van mijn oom en tante, die tegen elkaar op aan het snurken waren.

Ik speurde om me heen, op zoek naar een mobieltje.

Op een tafeltje lag er een.

Ik sloop ernaartoe. Niet dat mijn oom en tante me hadden kunnen horen door hun gesnurk, maar je weet het maar nooit.

Ik toetste snel het nummer van Teuntje in en wachtte tot ik haar stem goed kon horen.

'Kun je praten,' vroeg ik.

'Ja.'

'Is het gelukt met de brief?'

'Hebben we gisternacht gedaan.'

'De container is gelost en de twee boeven zitten in de bouwkeet opgesloten achter een vastgeplakte deur.'

'Is dat zeker?'

118

'Zo zeker als ik Kees heet,' fluisterde ik. 'Hoe laat gaan jullie naar het strand?'

'Twaalf uur. Maar ik moet nu ophangen, want Lees-Trees komt eraan.'

Achter in de fietsenkelder klonk wat gestommel. Mijn oom en tante waren inmiddels wakker geworden.

Ik legde gauw het mobieltje terug.

'Goedemorgen,' probeerde ik zo vrolijk mogelijk te zeggen.

Mijn tante kwam bij me staan. 'We doen dit niet voor jou. Als je dat maar goed weet. Na vandaag verdwijn jij uit ons leven, voorgoed. Heb je dat begrepen?'

Ik knikte en besloot het onderwerp kredietcrisis nog even te laten rusten.

Mijn tante kwam met een Chiquita-doos aan. 'Zitten!' beval ze.

Het was beter dat ik even met ze meewerkte. Ik had ze vandaag nodig. Zodra Lenie was opgepakt, zouden we weer verder zien.

Met een vals lachje opende mijn tante de doos. Er kwam een bruidsmeisjesjurk uit, vol roze strikjes en kantjes.

'Aantrekken!' zei ze streng.

Ik slikte. Ik hoopte maar dat niemand me zou herkennen.

Ik stond heel ongelukkig te zijn toen mijn oom met zijn camera aankwam. Ik kon helaas niet op tijd wegduiken en mijn handen voor mijn gezicht houden.

119

Mijn oom grijnsde vals. 'Zo,' zei hij, 'onze eigen verzekering tegen jou.'

Ik keek hem vragend aan. Wat zou hij daarmee bedoelen?

Tante Annemarie stond met haar handen in haar zij. 'Als je van plan bent om ons hierna nog lastig te vallen, zetten we deze foto's op internet.'

Ik kromp in elkaar. Nooit van mijn leven, dacht ik.

Ik zette gauw de sinterklaaspruik op.

Mijn tante maakte er behendig twee vlechten in en knoopte er twee roze strikken in. 'Beeldschoon,' zei ze. 'Net een herderinnetje.'

Ik beet op mijn lip en keek daarna naar mijzelf in de spiegel. Ik gruwde. Stel je voor dat iemand mij ooit zo zou zien! Ik moest me even gedeisd houden, totdat ik iets op die foto's had bedacht.

Mijn tante haalde ook nog een strooien hoedje uit een kist.

'Wie wat bewaart, die heeft wat,' zei ze grimmig. Ze zette het hoedje op mijn pruik en bond het roze lint onder mijn kin tot een strik.

'Helemaal goed,' zei mijn oom. 'Niks meer aan doen.'

Mijn tante probeerde zich in haar jurk te wurmen. Het was duidelijk dat de jurk niet op de groei was gekocht.

Ze zette een pruik met pijpenkrullen op en deed daarna haar bruidssluier voor haar gezicht.

Toen oom Henk zijn zwarte trouwpak had aangetrokken en een grote zwarte nepsnor onder zijn neus had geplakt, waren we er klaar voor.

Ik hoopte dat we niet zouden worden aangehouden onderweg, wegens het ontbreken van een vergunning voor het in het openbaar optreden als een Russische circusact.

Het was inmiddels na elven en het werd tijd om tot actie over te gaan.

'De trouwkoets staat buiten klaar,' sprak mijn oom en hij grijnsde vals.

Toen we buiten stonden, zag ik een bakfiets staan.

Mijn tante en ik moesten voorin plaatsnemen en mijn oom zou gaan fietsen. Het was werkelijk heel bijzonder allemaal.

In de straat bleven de mensen stilstaan om naar ons te kijken en ik zwaaide naar ze. Gelukkig was ik onherkenbaar. Mijn tante moest vanwege de zeewind haar sluier goed vasthouden.

Ik voelde een kriebel in mijn buik. Om een of andere reden was ik er niet helemaal gerust op dat het allemaal goed zou verlopen.

Nog even en we zouden er zijn. Het werd tijd voor de laatste act in het misdrijventoneelstuk van Lenie.

Gekaapt

Mijn ooms Eef en Cneut liepen in een trouwjacket rond. De zwarte punten van de jassen wapperden in de wind.

Er stonden al heel wat bruiden klaar. De blaaskapel speelde 'Daar komt de bruid' in verschillende versies en er was een rode loper, waarover de bruiden en bruidegoms moesten lopen. Ze droegen een bordje met daarop het jaar waarin ze in het huwelijk waren getreden. Ik keek op mijn horloge. Waar bleef de tractor?

Er stond inmiddels een heel lange rij bruidsparen van vergevorderde leeftijd opgesteld.

Achter mij was een bruid zonder man. Ze droeg een grote zwarte band om haar arm. Ik vroeg haar of ze weduwe was.

Ze schudde haar hoofd. 'Gescheiden,' antwoordde ze.

Het was al bijna twaalf uur en ik had nog geen tractor gezien.

Mijn oom Eef had een megafoon in zijn handen en riep: 'Alle bruidsparen verzamelen.'

'Van wanneer zijn jullie?' vroeg een man die eruitzag als een zigeunerkoning, met zijn witte broek, zwarte overhemd met witte kraag en witte cowboyhoed. Zijn bruid hield het midden tussen een witte heks en mijn oma in een wit nachthemd. Sommige mensen hebben echt begeleiding nodig als het gaat om wat ze aantrekken.

'Aan jullie kleding te zien is het wel even geleden,' zei de zigeunerkoning. 'Vinden jullie het erg dat we voorgaan?'

In de verte klonk het geronk van de tractor. Gelukkig, daar zijn ze, dacht ik opgelucht.

We moesten ons in een lange rij opstellen. Mijn tante droeg het bordje met het jaartal erop en toen begonnen we te lopen.

Ik zag vanuit een ooghoek dat de tractor naast de strandtent stond geparkeerd. Lees-Trees en de Spiermassa stonden vooraan bij het podium. Ik zag dat ze zijn arm beethield. Zou hij zo dadelijk op zijn knieën gaan en haar een aanzoek doen? Dat leek me een goed idee. Zodra ze waren getrouwd konden ze met de biebbus naar Nairobi, hun trouwkleding afleveren en daarna heel veel boeken afstempelen en uitlenen daar. En nooit meer terugkomen.

De zigeunerkoning en zijn witte heks (of spook) liepen de catwalk op. Ze deden een raar dansje.

Uitslovers, dacht ik. Ze wilden zeker winnen. Wat zou

123

de eerste prijs zijn? Een nieuw huwelijk, met alles erop en eraan? Ik gunde het het meest aan de bruid met de zwarte rouwband. Zij verdiende het wel, vond ik.

Wij waren nu aan de beurt. Ik pakte de sleep van mijn tante. Ik strooide met bloemetjes uit mijn mandje en de mensen applaudisseerden. Ik zag Teuntje. Ik zwaaide naar haar. Ze gaf me een handkusje. Als ze maar niet dacht dat ik haar zo dadelijk ten huwelijk zou vragen.

Hoe lang hadden we nu alweer verkering? Het duurde al bijna een week. Best wel lang, maar we hadden elkaar ook niet zoveel gezien. Misschien was dat het geheim van een goede vaste verkering. Niet te veel aan elkaar blijven plakken.

Toen ik aan het woord 'plakken' dacht, moest ik denken aan de Superattack. Ik had nog maar één tubetje over. Ik hoopte dat Bas er ook nog een paar bij zich had. We moesten Lenie tenslotte nog zien te overmeesteren.

Ik stapte de catwalk af en toen de laatste bruidsparen ook klaar waren moesten we ons verzamelen in de strandtent. Daar stonden bruidstaarten voor alle toeschouwers klaar en zou er door iedereen kunnen worden gestemd.

Dit zou het moment zijn om er stilletjes tussenuit te knijpen en de tractor te lenen. Dat klonk heel wat beter dan 'gappen'. Ook een detective moet zich aan de wet houden.

Ik duwde tegen de schouder van mijn oom. Ik wees naar de tractor en de achterkant van het strandpaviljoen.

Met onze rug naar de zijwand gekeerd, schoven we langzaam naar de achterkant van het paviljoen.

Toen renden we naar de tractor met de aanhangkar.

Teuntje en Bas waren er ook. Ik trok de pruik van mijn hoofd. Deze malle vertoning was gelukkig voorbij. Het liefst had ik meteen ook de jurk uitgetrokken, maar daar was geen tijd voor.

We vielen elkaar in de armen. Er gaat niets boven vriendschap.

'Wat zie je er schattig uit,' zei Bas. 'Het staat je super, misschien moet je dit vaker aantrekken.'

'Wil je een dreun of zo,' zei ik. 'Of zal ik mijn pruik over je kop trekken zodat je hem er nooit meer vanaf krijgt.'

Teuntje kwam tussen ons in staan. 'Nu even niet, we moeten samenwerken. Geen ruziemaken.'

Ik moest haar gelijk geven.

Mijn tante zat nu achter het stuur van de tractor. Ze hield twee losse draadjes tegen elkaar en trapte daarna op het gaspedaal. Henk de Neus keek trots naar haar. Ik vroeg me af wat mijn tante nog meer in het verleden had uitgespookt. Zou ze auto's hebben gekraakt voordat ze balletdanseres werd?

De tractor schoot vooruit en we waren op weg om Lenie te ontmaskeren in een gekaapte tractor. De bruidssluier van mijn tante wapperde als een witte wimpel. Een overwinningswimpel. Er kon niets meer fout gaan.

125

Achter ons klonk het geraas van een motor. Wat was dat nou weer? Ik keek achterom. Er kwam een motorfiets aangereden. De Spiermassa zat achter het stuur en Lees-Trees zat achterop. Ze konden ons elk moment inhalen.

Alles is toch
weer anders

'Houd de dief!' konden we Lees-Trees horen gillen boven de motor van de motorfiets uit. 'Houd de dief!'

'Je zult Lenie bedoelen!' riep ik terug.

Dat was nou toch weer zo jammer allemaal. Je zet een valstrik voor een criminele vrouw en wat krijg je daarvoor terug? Dat je zelf voor boef wordt uitgemaakt. Stank voor dank heet dat.

Lees-Trees was nu vlak achter ons en ging achter op de motorfiets staan.

'Niet doen!' riepen Teuntje en Bas tegelijk.

'U bent geen achttien meer,' wilde ik daar nog aan toevoegen.

Ze probeerde de sluier te pakken van mijn tante Annemarie, die nu zigzaggend over het strand reed. Ik zag in de verte de bouwkeet waar alle spullen stonden die we gisteren uit de zee hadden opgevist.

Er was geen sprake meer van een plan dat we in stilte konden uitvoeren. Zo dadelijk zou heel Texel nog worden gemobiliseerd.

Lees-Trees kwam nu langszij en maakte zich gereed voor een sprong in de kar.

Ik verbaasde me erover hoe lenig ze was, want met een soort buiteling sprong ze erin. Ze kon zo als schoonspringer meedoen aan de Olympische Spelen.

Met geopende handen kwam ze naar me toe en wilde me bij de keel pakken. Ik vreesde dat ze niet veel goeds van plan was.

Maar ik had buiten mijn oom gerekend. Henk de Neus nam haar in de houdgreep en had haar in korte tijd als een mummie in de lange bruidssluier van mijn tante gewikkeld.

Mijn oom en tante bleken over talenten te beschikken waarvan ik nooit had geweten.

Nu hadden we alleen de Spiermassa nog, die ons hinderlijk bleef achtervolgen.

Lees-Trees slingerde mij de gruwelijkste woorden toe. Ik propte snel mijn boeketje van kunstbloemen in haar mond.

De Spiermassa stond nu ook op de motorfiets en sprong met een zweefduik in de kar.

Ook hij zou prima voor een olympisch onderdeel kunnen uitkomen.

En ook hij werd vakkundig door mijn oom overmeesterd en in de in de haast afgescheurde sleep van tien meter van de bruidsjurk van mijn tante gewikkeld.

Die trouwkleding had toch wel een functie.

Bas, Teuntje en ik keken elkaar ademloos aan. We stonden als detectivebureau volledig buitenspel.

Ik keek recht voor me. Boven de bouwkeet zag ik de omtrekken van twee luchtballonnen, die langzaam leken te dalen. Wat deden die daar nou weer?

Dan liever de lucht in

De tractor hield stil bij de bouwkeet. Ik stond op het punt me eindelijk uit de bruidsmeisjesjurk te worstelen toen ik mij realiseerde dat alle dozen met vuurwerk waren verdwenen. Ook het zeil dat oom Henk en ik eroverheen hadden gedaan, was weg. Wat was hier aan de hand? Waren strandjutters ons soms voor geweest? Had het iets te maken met de heteluchtballonnen die naast de bouwkeet stonden?

Teuntje wees naar de bouwkeet. Mijn hart leek stil te staan. De deur was met geweld opengebroken.

De moed zonk me in de schoenen. Zou nu vlak voor de finish de strijd toch worden verloren in het voordeel van gruwelijke Lenie? Het kon niet waar zijn.

Ik liet me uit de kar zakken en rende naar de bouwkeet, gevolgd door de rest van het detectiveteam, de Neus en de Danseres.

We stonden in de opening van de bouwkeet, die helemaal leeg bleek te zijn.

Toen hoorde ik een geluid dat door merg en been ging.

Een geluid dat ik heel goed kende en dat klonk als het alarm dat elke eerste maandag van de maand afgaat.

Teuntje, Bas en ik keken elkaar meteen aan. We wisten dat dit geluid maar van één iemand afkomstig kon zijn. Het was de stem van gruwelijke Lenie.

Het was haar dus gelukt. Zo meteen zou ze met de luchtballon naar Dubai vluchten.

We draaiden ons om en zagen een vals grijnzende Lenie en haar twee handlangers, die ieder een jachtgeweer op ons gericht hielden.

De Danseres keek me vernietigend aan. 'Ik dacht dat je die twee troeftoeters had opgesloten?' zei ze terwijl ze naar de handlangers van Lenie wees.

'Had ik ook,' antwoordde ik. Ik begreep er helemaal niets van. Had de Superattack soms zijn kracht verloren?

Lenie stond nu voor me. Haar vieze stinkadem deed me bijna bewusteloos vallen. Het was de slechtigheid die ze uitademde.

'Dit was de laatste keer,' zei ze met haar valse stem.

'Hoezo? Ga je in de liefdadigheid?' zei Teuntje brutaal.

'Ja.' Bas lachte. 'Ga je trouwjurken met de luchtballon naar Nairobi vervoeren? Misschien moet je er zelf ook een aantrekken. Het zal je vast goed staan.'

Ik keek mijn vrienden trots aan. Ze lieten zien dat ze totaal niet bang waren voor haar.

'Ik weet het niet,' voegde ik eraan toe. 'Al draagt een aap een gouden ring, het is en blijft een lelijk ding.'

Zelfs Henk de Neus moest hierom lachen.

We waren als familie enorm naar elkaar toe gegroeid.

Lenie kon helemaal niet lachen. 'Jij bleekscheet, etterbak, meelworm. Ik ben er klaar mee.'

'Dan zitten we op dezelfde lijn,' zei ik. 'Ik ben ook helemaal klaar met jou. Denk je nou echt dat je wegkomt in die luchtballon? Kun je er wel mee overweg? Voor hetzelfde geld stort je ermee in de IJszee en verdrink je.'

Toen begon ze gemeen te lachen. 'Hoe kom je erbij dat ik met de luchtballon vertrek? Wie heeft je dat wijsgemaakt?' Ze pakte me bij de bovenarm en trok me met haar mee naar een andere loods. Binnen zaten twee mannen vastgebonden en met doeken om hun mond.

'Het was mijn geluksdagje vandaag,' zei Lenie. 'Toen ik vanmorgen wakker werd, wist ik nog niet wat een stralende dag het zou worden. Je had het bijna weer voor me verpest, maar het geluk was met mij vandaag. Eerst kwam die ontzettend aardige jongen, Mathieu, je kent hem vast wel, mij vertellen dat hij mijn twee vrienden had bevrijd uit de bouwkeet. We hebben hem helaas in de caravan moeten opsluiten.' Ze begon nu te gillen van het lachen, terwijl ze een tubetje Superattack uit haar zak haalde. 'Het volgende geschenk dat zo dadelijk in de lucht gaat opstijgen, troffen we hier aan.' Ze wees naar de twee vastgebonden mannen. Het bleken de piloten van de luchtballonnen te zijn en die waren door Lenie gevangengezet.

Mathieu, vervelende bemoeial, dacht ik. Het was niet

te geloven. Je hebt een zaak op een haartje na rond, komt die ex-verkering van mijn zus de boel verknallen. Het bleek dat hij vanmorgen vroeg een rondje aan het fietsen was en de twee handlangers bij de bouwkeet om hulp had horen roepen toen hij er een plasje deed. Toen had hij ze bevrijd en had hij Lenie een brief gebracht op verzoek van de twee misdadigers. Die hadden daarna het vuurwerk veiliggesteld. Daarna hoefden ze alleen maar te wachten met Lenie totdat wij kwamen opdagen.

'Als ik die Mathieu ooit in mijn vingers krijg...' mompelde Bas.

Lenie keek nu op haar horloge. 'Het is de hoogste tijd. Er is een tijd van komen en een tijd van gaan. Wat komt er na de bruiloft?'

Ik keek haar niet-begrijpend aan.

'Een huwelijksreis.' Ze wees naar de twee luchtballonnen waarvan de brander stond te loeien. 'Zo dadelijk gaan jullie de lucht in en we zien elkaar daarna denk ik nooit meer terug.' Ze begon weer vals te lachen en stikte er zowat in.

'Wil je misschien een zak, Lenie?' vroeg ik poeslief. 'Dan kun je weer even blazen.'

Ik keek om me heen. Hoe konden we hier nu uit ontsnappen en Lenie achter slot en grendel krijgen, zodat ze de rest van haar leven zakjes kon plakken?

Henk de Neus en de Danseres Zonder Naam waren niet bepaald blij.

'Het is allemaal jouw schuld,' zeiden ze. 'Je wordt bedankt.'

'Geen dank,' zei ik. 'Misschien dat jullie zijn vergeten dat ik jullie heb gered van Lenie.'

'O ja,' zei de Danseres Zonder Naam. 'Maar dan zonder veel resultaat, hè?'

Op dat moment dwong Lenie ons in het mandje te stappen. Onze handen werden op onze rug gebonden.

Teuntje en Bas zagen bleek om hun neus. De Neus en de Danseres bleven de ene beschuldiging na de andere naar mijn hoofd slingeren.

'Zullen we het eens hebben over jullie schuld,' zei ik uiteindelijk.

'Ik weet niet waar je het over hebt,' zei de Danseres.

'Het hele dorp is dankzij jullie al hun geld kwijtgeraakt.'

'Eigen schuld, dikke bult,' zei mijn tante toen.

Teuntje, Bas en ik gingen met onze rug naar hen toe staan. Helemaal klaar waren we ermee. Als we hier heelhuids uit kwamen, zouden we die twee varkentjes nog wel even wassen.

Lenie kwam met een bijl. 'Het is tijd om afscheid te nemen. Het is gek, maar ik kan er alleen maar vreugdetranen bij laten. Tot nooit meer. De politie zal denken dat de bruidegom en bruid jullie hebben ontvoerd. Zeker als ze wat gestolen spullen in de fietsenkelder ontdekken.'

134

'Vals loeder, gemene heks, achterbakse troela!' gilde de Danseres.

'Het was me geen genoegen,' zei Lenie en ze hief de bijl omhoog om de touwen waarmee de mand nog aan de grond vastzat los te hakken. 'Ik vertrouw erop dat dit de laatste keer was dat ik jullie zag.'

'Vertrouw nooit op iets of iemand,' fluisterde ik.

Op datzelfde moment klonk achter ons een afgrijselijke gil. Wie was dat nou weer?

Eind goed, al goed

Twee mummies kwamen onze richting op gestrompeld.

We waren Lees-Trees en de Spiermassa helemaal vergeten.

'De terugkeer van de zombies!' riep Teuntje.

De mummies kwamen recht op ons af.

Lenie zag ze nu ook en twijfelde wat ze moest doen. Maar toen zag ze dat de mummies het niet op haar maar op ons hadden voorzien. 'Jullie hebben nog meer vrienden!' gilde ze van het lachen. 'Ik zal ze maar niet bij jullie in de mand stoppen, anders krijgen we het zaakje nooit de lucht in.'

Even later stonden Lees-Trees en de Spiermassa in het mandje van de andere luchtballon.

Lees-Trees was niet meer te houden en gaf me overal de schuld van.

Iedereen leek langzaam te zijn vergeten dat er maar één iemand echt schuldig was.

136

'We zitten in hetzelfde schuitje,' zei ik tegen Lees-Trees. 'Het heeft nu geen zin met een beschuldigend vingertje te wijzen.'

Toen de Spiermassa en Lees-Trees in het mandje waren vastgebonden hief Lenie weer haar bijl. Plotseling hoorden we sirenes en zagen we zwaailichten naderen. Hè hè, de stoottroepen kwamen eraan.

Lenie werd hysterisch en begon in het wilde weg met haar bijl te hakken. De twee handlangers renden weg, maar werden door tegemoet snellende agenten aange- houden.

Lenie ging door met hakken. Agenten probeerden haar te overmeesteren, maar ze waren te laat.

Eén mand was nu los en ging de lucht in. Lees-Trees en de Spiermassa krijsten en gilden toen hun luchtballon snel vaart maakte.

Wij waren gered. Er kwamen fotografen. Ik wilde me naar voren wringen om een persconferentie te geven. Toen pas realiseerde ik me hoe belachelijk ik eruitzag. Maar het was te laat. Ik kon mijn handen niet meer voor mijn gezicht houden. Ik zag de flitslichten.

Ook zag ik de allergrootste onderkruiper die ik ken: Mathieu. Ging hij er weer met de eer vandoor!

Iedereen ging om hem heen staan. Er kwam een me- vrouw naar ons toe. Of wij behoefte hadden aan slacht- offerhulp.

Ik schudde mijn hoofd en zei dat ik wel iemand wist

die daarvoor in aanmerking zou komen. Die iemand heette toevallig Mathieu. Want die zou best weleens heel binnenkort ergens slachtoffer van kunnen worden...

Het bleek dat hij uit de caravan had weten te ontsnappen ondanks de Superattack. Lenie was vergeten Mathieu te fouilleren voor ze hem opsloot. Toen ze weg was had Mathieu zijn mobieltje uit zijn broekzak gehaald en de politie gebeld, die vervolgens de deur van de caravan met geweld opentrapte en Mathieu bevrijdde.

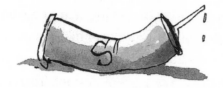

Even napraten

Lenie werd met haar medecriminelen naar het gevang afgevoerd. Haar tweede huis, kun je wel zeggen.

Wij werden nog verhoord door de politie en toen mochten we terug naar de Stayokay. Er was echter nog één zaak die moest worden geregeld. De reden waarom wij eigenlijk naar Texel waren gekomen. Henk de Neus en Annemarie de Danseres Zonder Naam moesten nog een brief ondertekenen om te zeggen dat ze spijt hadden. Dat zij de schuld op zich namen en dat ze asperges zouden komen steken, varkens- stallen uitmesten, de wc's schoonmaken op school en alle andere klussen in het dorp zouden uitvoeren tot- dat alle schulden waren afbetaald.

Maar toen we de volgende dag bij de caravan kwamen, waren ze 'm gesmeerd. De lafaards.

We stapten niet echt tevreden in de bus. Teuntje had bij het ontbijt de verkering uitgemaakt. Ze was nog niet toe aan een relatie, vertelde ze. Ik eigenlijk ook niet. Maar je gaat op een gegeven moment toch wennen aan zo'n vaste verkering. Als die dan opeens wegvalt, voel je je toch als een boom zonder blaadjes na een herfststorm.

Zo gingen we dus huiswaarts.

Na een lange tocht kwamen we bij ons dorp aan. Maar wat zag het er feestelijk uit! Overal hingen de vlaggen uit en de lantaarnpalen waren met slingers versierd. Zouden ze zo blij zijn dat ik weer thuiskwam? Ik voelde me warm worden vanbinnen. De vriendschap op het platteland kan hartverwarmend zijn.

Toen ik thuiskwam, wist ik snel wat de echte reden was.

Mijn moeder had van haar laatste beetje spaargeld loten gekocht. Ze had de jackpot gewonnen.
Wat heerlijk dat het platteland zo met ons meeleefde. Hier word je nog eens wat gegund.

Ik zag ons al wonen in een groot huis in de stad, en een kast vol sportschoenen. Ja, het verblijf op het platteland zat er nu op.

Misschien dat we nog de kerk konden helpen, dacht ik. Dan konden ze toch nog nieuwe ramen kopen. Je moet je rijkdom kunnen delen.

Mijn zus keek heel chagrijnig.

'Scheelt er iets? Of maakt dat geld je niet gelukkig?'

Caro hielp me snel uit de droom. Onze moeder had alles geschonken aan de slachtoffers van de krediet-crisis. Die was in het dorp nu voorgoed voorbij.

Mijn droom spatte in duizend stukjes uiteen. En ik ook bijna.

Teuntje en Bas hadden met mij te doen. Teuntje kneep in mijn arm. Zonder geld vind ik je ook best wel leuk, vertelde ze me. Zou dat betekenen dat ze weer een vaste verkering aan het overwegen was? Vrouwen zijn net zo wispelturig als het weer.

Mijn moeder was intussen de held van het dorp. Als we een koningin voor het herfstbal nodig hadden gehad, dan was zij vast en zeker gekozen. Iedereen groette ons weer. We waren de meest geziene mensen uit het dorp.

We kregen een uitnodiging van de burgemeester voor een plechtigheid bij de muziektent.

Daar had de blaaskapel zich verzameld, samen met de majorettes. In hun oude kostuums weliswaar, maar de nieuwe waren al besteld.

Het hele dorp was uitgelopen. Tot mijn grote af-grijzen was Mathieu er ook, de allergrootste klets-majoor van het dorp. Hij had een plakboek vol kran-tenartikelen over zijn zogenaamde heldendaden bij zich. Wat hadden Teuntje, Bas en ik de pest aan hem. Hij zou worden geëerd voor het verrichten van heldendaden onder zware omstandigheden.

141

Daarvoor zou hij ereburger van het dorp worden, net zoals mijn moeder.

Met Teuntje en Bas zat ik op de achterste rij. We konden het bijna niet opbrengen ernaar te kijken.

Van mijn vader had ik een mobieltje gekregen, het allernieuwste model.

'Je kunt hem ook weer kwijtraken,' zei hij met een knipoog.

Die ouwe valt soms best wel mee, al had hij waarschijnlijk ook een goede bui. Oma Klappertand zou weer naar huis gaan. Henk en Annemarie waren op de vlucht geslagen en oom Eef en Cneut waren niet van plan langs te komen zolang ik in de buurt zou zijn. Mijn vader had heel gelukkig gekeken toen ik hem alle verhalen vertelde. Mijn vader heeft het niet zo met zijn aangetrouwde familie, moet je weten.

Zoals ik vertelde, zaten we achterin te luisteren naar een heel lange, slaapverwekkende toespraak van de burgemeester. Mijn moeder kreeg als eerste de penning uitgereikt.

Daarna kwam de slijmerd aan de beurt. We wilden al stilletjes wegsluipen. Maar toen gebeurde er iets vreemds. Mathieu kwam niet uit zijn stoel. Teuntje en Bas keken mij aan. Ik schudde mijn hoofd. Deze keer was ik er niet aansprakelijk voor. Maar wie dan wel? Mathieu zat hartstikke vastgeplakt aan zijn stoel. Dat kon alleen maar door Superattack komen.

Onder luid gejoel werd hij met stoel en al afgevoerd. Dit was zijn verdiende loon.

Toen we naar huis liepen, zag ik mijn vader iets
weggooien. Ik keek in de prullenbak. Het was gewikkeld in een stukje papier en het bleek een leeg tubetje Superattack te zijn. Ik leek meer op mijn
vader dan ik dacht. Thuis wachtte Ko op mij. Mijn
trouwe vriend, ik moest hem nog helemaal bijpraten. Ik
was blij dat hij er eigenlijk niet bij was geweest.
Vliegen aan een parasol is niks voor een hond.

Tot ziens!

Kees

P.S. Ik was nog een stukje uit de krant vergeten.

LUCHTBALLON LANDT OP DAK CARAVAN

In Noord-Duitsland werd een Nederlands bruidspaar op een wel heel vreemde manier gestoord tijdens hun huwelijksreis.
Midden in de nacht werd het echtpaar wakker toen boven op hun caravan die bij een wegrestaurant stond een luchtballon landde met daarin twee volwassenen vermomd als mummies.

143

Het ongelukkige bruids-
paar kwam met de schrik
vrij. De plaatselijke politie
zoekt naar informatie over
de twee luchtschipbreuke-
lingen. Ze lijden aan ge-
heugenverlies, en het enige
wat ze de hele tijd roepen is
'Kees'.
Mocht u over informatie
beschikken die kan leiden
tot opheldering van deze
zaak, neem dan contact op
met de plaatselijke politie.

Ik gooide de krant weg. Mijn naam is Kees, dacht
ik, ik weet van niks. 'Horen, zien en zwijgen' is een
gouden regel voor elk detectivebureau.